破城

陈书缘 著

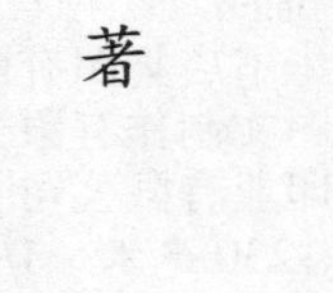

浙江文艺出版社

图书在版编目(CIP)数据

破城 / 陈书缘著. —杭州:浙江文艺出版社,2019.3
ISBN 978-7-5339-5607-3

Ⅰ.①破… Ⅱ.①陈… Ⅲ.①长篇小说—中国—当代 Ⅳ.①I247.5

中国版本图书馆 CIP 数据核字(2019)第 040272 号

责任编辑 周 佳
装帧设计 吕翡翠
责任校对 许红梅
责任印制 吴春娟

破城
陈书缘 著

出版 浙江文艺出版社
地址 杭州市体育场路 347 号
邮编 310006
网址 www.zjwycbs.cn
经销 浙江省新华书店集团有限公司
制版 杭州天一图文制作有限公司
印刷 浙江超能印业有限公司
开本 880 毫米×1230 毫米 1/32
字数 134 千字
印张 7
印数 00001-20000
版次 2019 年 3 月第 1 版 2019 年 3 月第 1 次印刷
书号 ISBN 978-7-5339-5607-3
定价 **28.00** 元

主要人物表

千陶非　本书主人公，出生于迟国临春城，后参军，晋升为将军

千暮山　千陶非的父亲，曾在迟国国都为官，后定居临春城，以瓷塑为业

柳秋晚　千陶非的母亲

千堂昭　千陶非的弟弟

涯轻尘　千陶非的表哥，后成为药师和说客

秦陌璃　千陶非的好朋友，后成为说客

月下无端　迟国八军的将领之一

沈　恕　迟国八军的将领之一，在越城一役后消失踪迹

朱安砚　迟国八军的军师

凭虚子　迟国八军的斥候

霍齐霄　迟国西战场的主帅

霍鹂儿　霍齐霄的妹妹，迟国八军的一员

临天纵横　衡国军队的年轻将领

于酌斟　衡国军队的将军

晁　安　衡国军队的副将

主要时间线

临春城

八　岁　千陶非探险珊阑宫废墟

十一岁　千陶非遇白衣人，获赠阵法秘籍

十四岁　千陶非尝试散形无痕阵失败

越　城

十八岁　千陶非担任迟国八军校尉一职，被衡国军队围困

横关城

二十岁　千陶非担任迟国八军将军一职，被衡国军队围困

目录

楔　子

这是千陶非第三次见到这样的霞光。

第一次是在五年前的临春城，剪影勾勒出远方的形状；第二次是在两年前的越城，那次的剪影是一片重重的城墙……千陶非一边飞奔上石阶，一边在视野中搜寻可能出现的剪影。可无论是远景还是近景，视野都不那么恰如其分，她只看到城墙上铺满熔化的金光。

那支流矢的剪影就是在这时破空而来的，华美无上的天光犀利地裁出那锐利的锋芒。千陶非下意识地朝后仰去，脚下湿润的苔砖破坏了本应由摩擦力维持的平衡。

流矢的轨迹正好与她身形的弧度相切。

当她的头颅重重磕在台阶上时，流矢也重新没入了金光。

临春城·珊阑

千暮山从书柜顶端找出了那块小小的通明玉。因闲置已久，通明玉已然蒙上了尘埃。他将左手轻轻覆上躺在自己右手掌心的玉块，两手之间似有风起，再将左手拿开时，通明玉又变得像水凝的那样清澈透明。千暮山把通明玉举到眼前，对着窗子，透过它可以看到窗外的天光和影影绰绰的春山。

“握住它。”千暮山对面前的小姑娘说。小姑娘伸出右手就要来抓，千暮山却轻咳一声：“用左手。”

“可是先生说……”小姑娘还待争辩，抬头一见父亲异常严肃的神情，顿时又说不出话来，微微低下头用左手接过了通明玉。在她轻轻握住玉块的瞬间，通明玉发出了柔和的月白色光芒，玉的内部也似有浓浓的白雾缭绕……仿佛是一轮满月。

千暮山沉默了，虽说心里早有了这个猜测，但当它被证实的时候，他依然感到有些无所适从。

月白色……这是溟系仙术。

面前的小姑娘千陶非眨了眨眼睛，她才七岁，丝毫不知道眼前的一切意味着什么。

和所有孩子一样，千陶非在三四岁的时候已经依照惯例用通明玉做过了测试。因为测试仙术所用的通常都是惯用手，千陶非当时也就用惯用手右手握住了通明玉。千暮山清楚地记得当时通明玉中燃烧着的小小火苗。那火苗有些孱弱，泛着微微的蓝色，这说明千陶非的源系仙术天赋不佳。对此，他也没有多想什么，仙术方面的天赋是受之于天的，是好是坏都听天由命。可是，他从来都没有想到，女儿的身体中居然同时容纳了两种不同的仙术。

绝大多数人所持有的都是源系仙术，也有少数持玄系的，但溟系仙术的例子，他只有在史书上见过寥寥几句描写。他又迅速瞟了一眼女儿，若不是这丫头……她的溟系仙术还真不一定在什么时候被什么人发现……想到这里，千暮山的额头已经沁出了一层薄薄的汗。

约莫四天前，千陶非在外头玩耍的时候弄伤了脚。千暮山推测她大概又是在干一些不方便让父母知道的危险行为，所以才脱掉鞋子，以免别人从她过于容易蹭灰的鞋子上推测出一些事情。据说，千陶非是在没穿鞋的情况下踩到了一块尖利的石头，这才割破了脚底。

鞋子上找不到证据，但伤口同样能证明她的所作所为。为了不让别人根据伤口再进一步做出对她不利的判断，这丫头还真就把自己受伤的事情硬瞒了三天。三天里，她都强忍着脚疼，装出一切正常的样子走路。她的姨妈刚病逝不久，丧礼都在这几天，长长的送葬路，她也居然这样走了下来。千陶非的两个丫鬟则成天被她支来支去，丫鬟们年纪也都不大，被这样一糊弄，一时没发现千陶非受伤的事。直到昨晚，两丫鬟一碰头，才发现了不对劲，进而逼得千陶非不得不“招供”。

可依照她的描述，这伤口的愈合速度却快得不正常。几天前比铜钱还大上一圈的伤，现在竟然连血痂都剥落了一半。千暮山甚至还问过了当天和千陶非在一起的两个小伙伴关于伤口大小的问题，得到的答复也都是惊人的一致——是的，当时伤口足足有铜钱大。他不得不考虑到某种危险的可能性。

于是，他拿出了通明玉，证实了自己的猜测。

“为什么通明玉变成了白色?”千陶非问。她对几年前的那次测试还有印象，她记得当时通明玉中显现的是一小簇火苗。

千暮山不知道该怎么回答。说实话，拥有溟系仙术还真不是什么好事。史书上对溟系仙术的记载很含糊，大概说这种仙术具有“防御”“保护”的作用。溟系仙术因其稀有，关于其持有者的说法也是五花八门。有的说溟系仙术持有者的降生是不祥的征兆，有的说喝了溟系仙术持有者的血可以长生不老……总之，没有哪个传说对溟系仙术持有者是有利的。

这样鸡肋的仙术，带来这么多的麻烦和危险……千暮山不知道怎么跟千陶非解释。但他又不能不对千陶非说明白，因为若是不说明白，她更有可能不小心将溟系仙术的天赋显露出来。她必须认识到这件事的严重性。

斟酌许久，千暮山说："这说明你同时拥有两种仙术。这第二种仙术的事……你不能把它告诉任何人——包括你弟弟。"

"为什么啊？"千陶非追问，"如果我说出去了，会发生什么事吗？"

"会的，"千暮山说，"你可能会死。"

看着千陶非既迷惑又害怕的神情，千暮山苦笑了一下。天地良心，他真不是故意吓唬小孩子的。

他只是阐述了一个事实。

弹指间，一年已逝。又是一个暮春。

暮春时节的临春城西，宛如一盆新栽的盆景。东南远处，伏荆山连绵高峻、气势雄浑，正衬出城内北端珊阑山的低伏灵秀、意境安闲。城西不似城东那般繁华，却也独有近山临水的雅致。

这里的房屋大都是野宿民居，两处较大的建筑便成了"盆景"的点睛之笔。近山一处的宅院典雅清幽，格局虽不甚大，却也独具气度。离山较远的一处铺设略广一些，房屋布局极严谨正统，虽有刻板之嫌，却也不乏威严之势。

前者是千府，后者是珊阑书院。

千府是洑陵千家的一个小分支，临春千府家主千暮山年轻时曾在国都祁城做官，后来不知为什么辞了官，定居在了临春城，娶临春城知府的次女柳秋晚，育有一儿一女。

千暮山如今的职业是“瓷塑家”，然而他也并不总是都在摆弄瓷器。事实上，他会一时兴起玩点别的什么。有一阵子，他突然发现书法很不错，便天天临帖练字，还刻意效仿古人在山间竹林里边喝酒边写草书。但整了一个多月也没写出想要的“感觉”，他便灰心丧气地重新描画他的瓶瓶罐罐去了。过了许久，他又无征兆地想收藏民间古董，便成天早出晚归，希望出现奇迹。然而钱哗哗地花出去，奇迹始终没有出现。为了对掌管一家财政的夫人有个交代，他只好又埋头烧青花碗盆去了……下一次心血来潮还不知道是什么时候。

至于珊阑书院，它是一座由当地富户们合办的私塾。

珊阑书院的学生并不算很多，他们都是临春城的富家子弟，而临春城的富户基本都集中在城东建宅落户，因此这些学生放学后——徒步也好，坐马车也好——皆向东而去。有三个孩子却是例外，他们一前两后朝着珊阑山的方向逛去，后面的两个孩子谈笑甚欢，走在最前面的女孩却板着面孔，一脸不悦。这女孩就是千府的姑娘千陶非。

这一年是奉平元年，千陶非八岁。

孩子们都是一年一个样的。比起去年，千陶非的身量又长了些，身上的粉色襦裙便是在初春就着她的身高新裁的。

千陶非对这件衣服喜欢得不得了，平日不爱首饰的她在穿这件襦裙时，也总要特意戴上一支银镶玉的簪子来配它。簪子是她还小的时候家里长辈送的，此前一直闲置着。她的脑后梳着双髻，这支簪子斜插在左侧，有些摇摇欲坠。此外，相较一年前，千陶非的左手上多了几圈纱布。那白色的布条缠得并不很紧，只刚好遮住了千陶非的掌心。

千陶非有些恨恨地低头看着左手的纱布，从后方传来的话一字不漏地被她不情愿地接收到了。

“左手的火球要小上很多呢……”

“很正常，我们才刚开始练习左手呢……右手已经很成光景了……”

“哇，你的已经有大半个掌心大了……”

这些话在此时的千陶非听来，简直声声刺耳，字字扎心。她抬起自己的右手，深吸一口气，一个火焰凝成的球形出现在了她的掌心。算上周围飘忽不定的蓝色虚焰，火球仅有她掌心的一半大。她偷偷朝身后瞟，正好看见涯轻尘右掌心托着的那个颜色金红、饱满而充满生机的火球，气得她瞥了一眼就不想再看。涯轻尘和她明明就是表兄妹，为什么她的天赋就和他相差那么多!

千陶非无意之中将左手握成了拳。

因为这该死的溟系，她的左手这辈子算是废了。

她拥有这种仙术的事情，绝不能让其他人知道。这是父亲告诉她的。她不明白这是为什么，但她从父亲严肃的语气中能听出事情的重要性。父亲很少显得这么严肃，那一番“说出去就会有生命危险”的言论也真是把她给吓住了。所以，为了保证自己的生命安全，千陶非绝不能用左手使用仙术。虽然母亲柳秋晚也曾笑着安慰她“这说明你是个与众不同的孩子”，“有自己的秘密不是挺好的吗”，但千陶非仍未学会坦然接受这一切。

溟系仙术寄居于她的左手中，其表现形式与源系仙术有很大的不同。

她前几日刚学了凝火术，顾名思义，凝火术可以将仙术以最本源的形式在手心凝成一个火球。她的源系仙术天赋不好，右手心里的火球黯淡而孱弱。听说很快就要开始练习左手，她预感到自己的左手会非常与众不同，因此私下里尝试了一下。果不其然，凝火术在左手的产物根本不是火球。那是一个月白色的球体，光芒柔和，边缘清晰而稳定，正像是一枚托在掌心的小小圆月，所有人都能看出异样来。于是父亲在她的左手上缠了绷带——手上缠物是限制凝火术的一种基础方式，对外的解释是千陶非的左手受了很严重的仙术创伤，可能终其一生都不能使用仙术。

她的左手算是废了。千陶非恨恨地想。

最要命的是，涯轻尘和秦陌璃都把凝火术做得那么好。对于这个极要强的小姑娘来说，这之间的落差足以导致她长时间的郁闷和心浮气躁。

她与涯轻尘、秦陌璃也算是打小一块儿混大的伙伴。涯轻尘与她还有血缘关系——两人的母亲是姐妹。千陶非已经不记得他们三个是从什么时候开始形成了这么一个稳定的组合，那想必是要追溯到好久以前了。也正是这个原因，她格外在意自己和他们之间的差距。

身后的谈话还在愉快轻松的氛围中进行着。千陶非一个字都不想听，却又完全无法不去听。听起来，那两个家伙已经把凝火术玩到了如千陶非吹口哨一般自认为炉火纯青的程度。

不由自主地，千陶非的脚步越来越快，越来越快，当她终于奔跑起来的时候，她听到了秦陌璃的一声惊呼："雀儿!"随后，声音传来的方向脚步声顿起，似乎是秦陌璃终于意识到了千陶非的自尊心因为他们的谈话而受挫，拉着涯轻尘来追她了。涯轻尘对这类事向来后知后觉。

千陶非的脚步没有停顿。她气涯轻尘和秦陌璃不顾及她的感受，因此对于这个八岁的小姑娘来说，耍耍脾气是她必然要做的事情。她径直冲向他们本就要去的珊阑山，并暗暗打定主意待会儿不帮他们两个捉蟋蟀。捉蟋蟀这件事是涯轻尘提出的，但她若不出手，那两人定是半天也捉不着一只蟋蟀的。

事实证明，这无声的威胁很是奏效，不到半盏茶的工夫，秦陌璃就放弃了自食其力的打算，直白地承认了之前的错误并提出请求。千陶非早等着这席话，加之她很满意地注意到了涯轻尘那副明明想请她帮忙又出于面子原因不愿开口的表情，于是将往事置于脑后，迅速进入寻找蟋蟀的状态。

“得往草深的地方去找。”她一本正经地说。秦陌璃一本正经地听着，涯轻尘也睁大眼睛点头。千陶非保持脸上专注的表情，往草深的地方走去。就这样，她一边沿着草丛挪步，一边寻找着目标，不知不觉已经到了珊阑宫边。这座早已颓败的小楼曾是当地富户所建的观光用楼，名曰“珊阑”，而珊阑山也是因此楼而得名。不过千陶非唯一关心的就是珊阑宫残存的废墟上有没有蟋蟀安家。她刚才忙活许久却依然一无所获，自己也感觉似乎有些过意不去。秦陌璃蹲在她身边这里那里地点着，把一切不是绿色的东西都误认为蟋蟀。涯轻尘不知道去了哪里，不过没人关心他的去向，他现在的受欢迎程度比不上一只蟋蟀。

大概只有用堂姐常挂在嘴边的似乎很神奇的“阵法”才能捉住一只蟋蟀了。千陶非想，改日得向堂姐学学。

然而事实上，他们没有见到蟋蟀仅仅是因为这不是蟋蟀出没的季节。

“小茉莉！雀儿！过来过来！”涯轻尘的声音从一个奇怪的位置传来。千陶非和秦陌璃对视一眼，觉得涯轻尘到底还是比一直不见踪影的蟋蟀要重要一点，便站起身，朝声源处靠近。

“小茉莉”和“雀儿”这两个仅在三人组中流通的称谓是大约一年以前秦陌璃和千陶非给对方起的别号。有相当长的一段时间，秦陌璃都以为“千陶非”的“非”是小雀儿飞的

"飞"，便直以"雀儿"相呼。礼尚往来，千陶非便也从秦陌璃的名字中提出了"茉莉"的谐音，一叫就叫到现在。涯轻尘一向不喜欢被冠以一些乱七八糟的名字，他自己倒是给自己起了很多，都是"竹林贤士""桃花侠""鸿学博才尊""临春七圣之医圣"（涯轻尘自己也说不清楚其他"六圣"到底都是谁）之类充满个人情怀的雅号。不过这些雅号从来都叫不响。

言归正传。当千陶非和秦陌璃四处转了一圈后，她们发现涯轻尘的声音似乎是从这座半塌的建筑内部传来的。她们还没来得及问涯轻尘到底藏在哪里，他自己就从近地面的一处缝隙里探出头来，示意她们一起进去。这处缝隙被零落的木板和茂盛的植物掩了起来，又因接近地面而难以被发现。这想必是涯轻尘蹲在附近找蟋蟀的时候觉察到的。

瞟了一眼浅橙的天色，千陶非紧随着秦陌璃钻进了缝隙。

于是，他们都来到了珊阑宫的内部。这里光线微弱、阴暗潮湿，散发着淡淡的朽木味道。千陶非的眼睛一时无法适应黑暗，这短暂的失明令她感到茫然。下一秒，涯轻尘的声音从无以分辨的暗处传来："这里空间很大。"千陶非看到从木板的缝隙处透来的零星的光点亮了涯轻尘的瞳仁，那光线被涯轻尘的眼神染上了探险的欲望。千陶非眨了眨眼睛，她已经适应了这微弱的光线，大致看清了这个半塌的小楼、周围倒伏的木几木椅，以及两个同伴好奇的神态。她想她自己的表情应该也和他们差不多。

于是，她改变了钻进来时半蹲的姿势，小心翼翼地在这个神秘的空间中穿行。她推开一扇半掩的窗，窗板诡异地倒挂下来，似乎是楼在侧翻的时候将这扇窗户旋转了九十度。窗子被推开了，刚才霞光的涓涓细流如今因闸门的打开形成了洪水，一瞬间，千陶非觉得自己就要被淹死在这明亮的暖光中。那光线之前还是浅橙色，现在已经变成了浓郁的玫瑰粉。“洪水”袭击了这个破败的楼阁，千陶非回头，她看到像蜉蝣一样的尘埃在光的洪水中沉浮。

“今天这事，我们都要保密。”涯轻尘说。千陶非松开手让窗板自然垂下，截住了那股光的水流，她和秦陌璃庄重地点了点头。

“不过我得先走了。”秦陌璃抬头看看天色，“不然三叔那房又要爆发战争了。”

“这跟你三叔有什么关系？”涯轻尘问。

秦陌璃歪歪头：“嗯……若是我回去晚了，三姐姐和四姐姐势必又要责备我晚归，六妹妹向来跟她们有过节，定要就此事跟她们吵起来。唉，三叔家的女儿都是这样咄咄逼人的。七妹妹才四岁，不知道她长大后会不会也变成这样。”她掸掸衣服上的浮尘。“反正我不想被她们借题发挥。她们一闹，祖母又该不让我出门了。”说罢，她就一溜烟儿地跑了。

千陶非和涯轻尘不太懂大宅门里的恩怨。涯轻尘家里人口本就不多，并无庶生子女，兄弟姐妹几个相处极为和谐。千陶非更不用说，她父亲千暮山早年就从本族搬了出来，到临春城定居，逢年过节才回一趟老家。她临春城的家里总共就只有父母双亲和姐弟两个，是少见的小家庭。秦陌璃就不一样了。秦家算是当地的老贵族，这么多年来开枝散叶很成功，光是秦陌璃这一辈就有十一个孩子。千陶非和涯轻尘直到现在还搞不清楚秦陌璃口中的那些姐姐妹妹到底谁是谁。

窗外浓郁的玫瑰粉正渐渐趋向于紫色，时候真的不早了。秦陌璃和涯轻尘相继离开，千陶非却没有。在漆黑中，她深深呼吸，空气中有淡淡的烟尘味。于寂静里，她听到自己心脏的跳动，感到全身的血液正汩汩流淌，后脑勺则传来一阵钝钝的疼痛。她用一片残破的木板支起窗子，天光再一次像流水一样淌了进来。她朝左偏头，一道楼梯静静地站立在那里。

于是她朝楼梯走去，朝一种隐隐的熟悉感走去。就在她踏上第一级台阶的时候，她的心脏忽然发疯一样狂跳起来。她踏上第二级台阶，脚下战栗了一下，仿佛有一支羽箭正直直地朝她的面门射过来。她全身剧烈地一震。

然后，她又注意到似乎有什么像被子一样的东西盖在自己身上，而自己此刻不是站着，而是平躺着。整个世界在她的眼前垂直翻转九十度，仿佛从空中坠落一般，在触到现实世界之时，千陶非惊恐地睁开了眼睛。

横关城·醒转

她睁开眼，看见深色的帐幔荡在半空中，周围是一圈明亮的光晕，熟悉的声音沿着光线传来。

“霍将军已经传讯过来，他们的援兵就要到了。”一个略有些慵懒的声音说道。千陶非由此便联想到此人每每下棋耍赖的语气，可那是一种什么样的语气呢？她想不起来。

“咳，我还以为这次又要像上次那样死守三个月呢。”一个明朗而沉稳的音色响起。千陶非隐隐约约回想起一些什么来，心跳忽然就变快了。她知道，外面说话的两位对她来说都是相当重要的人，她苦苦地在记忆中搜索，却只舀起半瓢影影绰绰的光影。她觉得自己似乎忘记了许多不应忘记的事。

千陶非又想起刚才的梦来，梦里的她只有七八岁。她梦见父亲为她测试溟系仙术的那个清晨，梦见她和涯轻尘、秦陌璃发现珊阑宫的过往——她以为自己已经彻底忘记这件事了。

可是再往后呢？再往后又是什么呢？她什么也想不起

来。她今年也绝不是八岁。她有十五岁了吗？二十岁？不会已经八十岁了吧……

千陶非伸出自己的左手，左手一如既往松松地缠了布条。她仔细研究着没有覆上布条的五根手指，纤细，微黑，却也年轻。

那个慵懒的声音再度响起："还有，最近的军心不太稳。"

"我知道。"

"千将军怎么样了？"

"还昏睡着，但涯尊说这两天就会醒了。"

千陶非忍不住开口："我已经醒了。"声音却嘶哑得令她吃惊。

正说话的两人一下子停止了交谈，脚步声越来越近。

走在前面那人着一身轻甲，光线镀在他的周身，千陶非可以看见他的头发泛着异常的苔藓般的墨绿①。不知为何，她竟一下子从榻上坐了起来，愣愣地看着他。他也愣愣地看着她，良久，他轻唤道："雀儿……"然后顿了顿，话锋突转："你的脑袋——没砸坏吧？"

千陶非眨眨眼睛，她怎么觉得好像已经砸坏了呢？

"朱安砚你赶紧去喊涯尊！"他又不耐烦地对另一人说。朱安砚瞥他一眼："为什么不是你去喊？"那人刚要说什么，

① 此人为玄系仙术持有者，持有该仙术的人发色瞳色异于常人，且通常从十一二岁时开始变化。

朱安砚却已经啧了一声朝外头走去："见了某人就忘了兄弟。"

那人目送朱安砚出去，复又转回头来："饿不饿？"千陶非点点头。他笑了笑："待会儿去给你拿吃的。"那笑容又给千陶非带来一股呼之欲出的熟悉感，他到底是谁？

"……你叫什么名字来着？"千陶非揉揉眼睛，有些不好意思地问。

那人深吸一口气："你……不记得我了？"

"我记得！"千陶非申辩道。许许多多光影又迅速掠过，她想不起来细节，但她知道眼前这个人对她来说是非常重要的人，是她不应该忘记的人，是她……

她只好说："我知道，你对我很重要。"可她自己也不明白，很重要的人是谁，是兄长吗？是战友吗？不会是丈夫吧！可是她出嫁了吗？

"你是我的……"她迟疑着说。那人嘴角勾起弧度，不停地点头，鼓励她说下去。

"雀儿表妹，你没猜错，你眼前这个又傻又愣的家伙就是你的……"涯轻尘摇着折扇大摇大摆地走来了，他啪地一合扇子，朝她挤了挤眼睛，"未婚夫！嘿，月下无端，我没说错吧？"

"姓涯的！别到处诋毁我！我们的婚约可是不久前御赐的！"月下无端不满道。

"涯轻尘！"千陶非惊喜地看向这个她还记得的为数不多的人中的一个，"你能告诉我发生了什么吗？我……好像忘记了很多事。"

朱安砚从边上探出头，皱着眉：“喂，你不会是失忆了吧？”

说是失忆又不太像。千陶非想。她的记忆虽然非常模糊，但并非完全没有。她丢失的记忆好像就盘旋在她触手可及的地方，但她却伸不出手去。她望望涯轻尘，涯轻尘又打开了他的折扇：“她的伤不重，记忆也能慢慢恢复的。每天喝点药，不出一个月应该就能好。”回答了朱安砚的问题，他又转向千陶非：“雀儿，你是将军，还记得吗？”

千陶非不记得，但她知道涯轻尘说的是真的。

“你们守在这横关城已有一月，与城外衡军相持不下。三日前你正登上城墙时，忽有乱箭袭来。你为避开流矢朝后倾侧，不料脚下一滑，就直直地朝后摔在石阶上，当场昏迷。”

千陶非想起来梦境中她登上台阶时那支仿佛朝她面门射来的羽箭，那种整个世界在眼前垂直翻转的坠落感让她不由得打了个冷战。

“那我……”她再次哑着嗓子开口，“我今年几岁？”

“双十。”屋内几人异口同声地回答，说完又眼神怪异地看了看彼此。

“喝水吗？”月下无端平静地问。

“不，先喝药再喝水。”涯轻尘说，他不知从哪里端出一碗汤药来。

隔着老远，千陶非就闻到一股苦味。她接过碗，小小地抿了一口，顿时咳嗽起来。这药不仅奇苦无比，还带着难言的辛辣味。“喝完哦。”她听到涯轻尘坏笑着说。她瞪他一眼，捏起鼻子一饮而尽，然后又抢过月下无端手里的水碗，借水来冲淡药的苦味。月下无端把碗给她后转身离开，说是去拿吃的。

“你这样牛饮，好好的药都被你糟蹋了。”涯轻尘瞪她一眼，“喝完药之后立马喝一大碗水，和把药兑水有什么区别……”

千陶非好奇起来：“这是什么药?”

“那些药材，我说了你也不晓得。反正药是我师姐配的，有助于你……恢复记忆。”

这时，月下无端拿了碗稀粥回来了。千陶非昏迷了几天，实在是饿得慌。她作势要一口气把粥喝完，却又被涯轻尘制止，说这样会伤胃。月下无端刚放下碗，又被朱安砚叫了出去。朱安砚显得挺严肃，可能是战局又出现了变故。

“我师姐说，昏迷几天后醒来不能一下子吃太多。”涯轻尘一脸正经，“不光是她，我也是这样认为的。”

“你师姐是谁?”千陶非揉揉眼睛，迷茫地问。

涯轻尘深感跟一个失忆的家伙简直无法沟通。“等你的记忆全部恢复，自然就知道了。”他说，“反正，药效是我敢保证的。”

千陶非耸耸肩，尽可能慢地喝着这一小碗稀粥。

“那么，你感觉到了吗?”涯轻尘突然说。

“感觉到什么?”

“感觉到药效，感觉到困啊。”

千陶非确实感到困了，她打了个哈欠：“你不是说这药是用来恢复记忆的吗……”

“笨！恢复记忆的最好时段当然是你睡着的时候……”

药效确实不错……千陶非在半梦半醒时这样想。意识逐渐模糊，她忽听见月下无端的声音：“不是吧？晁妄那个白痴来了？搦战？确实是他的作风……”

越城·激进

这一年是广安三年，沈恕二十三岁。他专心致志地吹着叶哨，目光朝向北方的城墙。

他听到马的响鼻声，倒仰了头，看到千陶非牵着八两笑吟吟地看着他。沈恕也忍不住笑了，叶子从唇边滑落，千陶非接下叶子，递还到沈恕手里。沈恕转过身来，摸了摸八两的鼻子："半斤呢？月下还在遛马？"

千陶非是战场上少有的女子，年方十八，从军已满三年。

她摇摇头："他在路上被徐奉他们绊住了，徐奉一定要阿端保证回祁城后宴请全军五万人什么的……我就牵着八两先回来了。"

"八两"和"半斤"都是马名。千陶非管自己的马叫八两是因为马身上有八个斑点，而月下无端大概是懒得动脑子，下一秒就给自己的马起名叫了半斤。

沈恕苦笑了一下："他们还真是想得开，早早就说起战后如何如何来了。"说着，他将手里的叶子随手扔到了尘土飞扬的小路上。正好月下无端骑着半斤疾驰而过，徐奉、范演、桓倾为那几个家伙也骑着马在后边紧追，嬉皮笑脸地喊着话，内容仍是要月下无端请客吃饭之类。沈恕扔出去的叶子顿时被气流卷进了马蹄子底下，再也看不见了。

千陶非目送他们追逐着远去，心情也甚是明朗，随口说道："等破了越城，衡国就该来求和了吧。请客吃饭什么的，也不是遥不可及的事情。"

沈恕微微摇头，刚想说什么，就听千陶非惊呼了一声。他疑惑地循着她的视线看过去，只见月下无端已经从马上跌了下来。千陶非几乎在那同时就跑了过去，沈恕也紧紧跟上。摔下马这种事可以造成很严重的后果，这群没轻没重的家伙，自视甚高，却远不及千陶非一个女孩子让人省心。沈恕想。

近阶段接连的胜利已经让他们忘记了战斗尚未结束，而只要战斗尚未结束，一切就都可能发生。他们连破数城深入衡国境内一事也隐伏危机，稍有不慎就要被对方玩诱敌深入、瓮中捉鳖的把戏。这群少爷虽然也曾被警告过警惕这一可能性，但显然没有放在心上，大概是认定了以自己的身世，无论出什么事，家族都能把他们救出来。可现在就放松警惕，怎么说也太早了，这不就整出了事情。

沈恕疾步来到事发现场。令他松一口气的是，月下无端并没有出什么事，只是从他扭曲的面部表情来看，他摔得很疼。月下无端是少爷们中比较靠谱的一个，最近一段时间战事不断，沈恕不希望为数不多的还算靠谱的人出事。

他们八军中权贵子弟的比例相较其他军而言明显更高，其中大约有一半是皇亲国戚，另一半也都不好惹。沈恕自己……勉勉强强也算是吧。反正，这群人中无论谁出了事都不好解决。就说月下无端，他的亲姐姐是当朝太子妃，若是他刚才摔出了什么问题——说含蓄些——只怕月下家不会给韩老将军好脸色看。

千陶非挑眉环视着徐奉、范演、桓倾为三人：“谁用了仙术?”

沈恕疑惑地转过头：“仙术?”

月下无端愤愤不平地说：“对对对，谁用了仙术？我家半斤不会无缘无故地摔我。”然后他话锋一转，和软起来：“摔都摔了，我又没事，就算了吧。他们就是想开个玩笑，一不小心搞错了罢了。雀儿你不必为我出头。”

千陶非一个栗暴打过去：“你好自恋啊！你以为我是为你打抱不平才这么问的吗?”

“原来不是吗？好伤心。”

看着打算偷偷溜走的三人，沈恕沉下脸来：“你们站住——别往别处看，我说的就是你们。”

三人灰头土脸地垂头站在了沈恕面前。

范演承认：“是我用了仙术，我只是想把端哥挡住……”

“所以，嗯？仙术打在了马身上是吗?”

“是……”

"对战友用仙术，可以算成内斗的。"

桓倾为吞了一口口水，说道："范演，快道歉吧，内斗要罚好多好多板子的。"这货也是过来人。

范演反其道而行之，一脸正义地向前一步："我范演一定要为自己的错误负责！沈偏将，请惩罚我吧！"

沈恕冷冷一笑："月下没事，我也不罚你。只是你们得记住，现在远远不是松懈的时候。我不希望在战斗结束前看到你们做出任何无聊的举动。激进隐藏着怎样的危险你们不是不知道。"

沈恕在说教一番后离开。他知道桓倾为一定又在背后嘟囔"不过是个五品官的儿子，算什么啊"；范演不会记住他的警告，而只会为逃过了一顿板子松一口气；徐奉没什么主见，谁跟他说什么他当下就信什么；而无论这群人怎么折腾，哪怕欺负到自己头上来，月下无端都不会有兴趣教好他们；千陶非……

千陶非比那群公子哥儿好太多，她机灵、有远见、谦虚、率真、毅力过人、吃得起苦、不服输……沈恕的嘴角渐渐扬起。

两年前，千陶非还只被允许蹲在战场后射杀逃兵。而在韩将军的授意下，沈恕也被从前方战场调来千陶非这边，利用这份闲差之便教了她一手精湛的箭术，又给她讲解了战局。韩将军一直都相信千陶非有为将的能力，所以给予特殊培养，而对沈恕，他也曾拍着他瘦削的肩膀说道：

“你这小家伙，是个帅才啊！”

那时候，沈恕二十一岁。他无奈地说：

“韩将军，在您眼里，我们所有人都是将才或帅才！”

韩将军爽朗大笑：“你们都是聪明的小家伙，都会当上将军的！”

想远了。

沈恕微笑。

“沈偏将。”沈恕听得有人叫他。是凭虚子。

凭虚子的真名叫冯浩浩，但沈恕已经想不起来了，反正人人都只叫他凭虚子。凭虚子是明慎公主的小叔子。他胆子有点小，因此只从事情报方面的工作。这家伙尽管没有半点军人该有的气势和胆魄，但因为情报的差事干得一丝不苟，也很被众人看好。

凭虚子拱了拱手：“沈偏将，韩将军有请。”

沈恕猜测韩将军是听闻了刚才那几个家伙闹的那一出，这才找他问话。因此，他一见到韩将军就主动说出了事情的始末。

韩将军却摆了摆手：“此事容后再议。我找你来，是让你去接个人。”

沈恕嘴微张，眨了眨眼。这时候去接个人……又有哪位大佬空降到他们八军了，还是哪位殿下来亲征了？他很快就否决了后一种可能性。如果是太子殿下或谦王殿下前来，韩将军不可能不亲自去迎接。

韩将军看他只顾思索，也不追问，有些没趣，直言道："有个军师，从十二军调到咱八军了，你去接一接。"

沈恕一顿："军师？咱们八军从来没有军师。"

"小家伙，你才来八军几年？我们以前也是有军师的，后来……我们盛军师……咳，人固有一死嘛！正好霍小将军那边军师……太多，就往我们这儿塞了一个。姓朱，年纪比你小。"

霍小将军就是霍老将军的儿子霍齐霄，虽已到不惑之年，仍被习惯性地称作"霍小将军"。

沈恕狐疑道："这个军师是什么来头？"

"来头？霍小将军没提起，估计身世不显吧。"韩将军漫不经心地说，"你先去，回来再跟我说那几个小家伙的事。"

沈恕点点头，转身离开了。

他接到了一个稚气未脱的少年，估摸着十七八岁，比沈恕矮上许多，眼神很冷。

这少年叫朱安砚。朱安砚带来了一封霍小将军的亲笔信。韩将军读完信后，突然大笑起来。原来朱安砚调任的真正原因，是他与霍小将军麾下的另一个军师关系不和，两人常常互相拆台，霍小将军不胜其烦，反正他也不差一个军师，就打算抽个签调走他们中的一个。这不，就抽到了朱安砚。

不过，霍小将军也在信中力荐朱安砚，说他年纪虽小却很是机敏云云。沈恕不置可否。

忽想起还没向韩将军汇报月下摔落马的事，沈恕于是赶忙将自己的担忧说了一遍：“……韩将军，他们满心以为胜利在望，近日松懈得很，一心想着攻下越城然后如何如何……”

韩将军摇摇头：“这越城攻不得。”他忽然一抬眉毛，笑容牵动脸侧的皱纹，一道刀疤隐没在皱纹里，说道：“你分别去问问那新来的小军师、千小丫头，还有月下家的小家伙，就问依他们之见，这越城是攻还是不攻，又都是什么原因——别透露是我的意思。”

沈恕哭笑不得：“韩将军，你又拿我们寻开心！”

但沈恕还是依言去办了。

朱安砚问了一些情况，最后认为不可攻越城。越城是衡国一个重要的关口，却被八军轻松打到了墙根下，可见衡国是打算瓮中捉鳖。更何况八军现在距离其他几军都比较远，出了事也无法马上求得援兵，还是稳妥些为妙。

月下无端不假思索地说，攻啊，怎么不攻呢？八军的实力不算弱，越城呢，也很值得为之一战。衡国瓮中捉鳖？那就将计就计，将越城拿下，后悔不死他们！最近大家的心思也很浮动，就算他们按兵不动，某些不长脑子一心想着立大功的家伙也很可能会不从军令，坏了事还得别人去救。现在不立刻端了越城，等城内的守军们有了准备，可就不好打了。

千陶非认为不能攻越城。到目前为止，衡国似乎还没有展现出全部实力。他们八军此刻深入衡国境内，万一出了岔子，那群少爷被衡国俘虏几个，不仅八军会陷入危险，迟国的其他兵力也会被这几个昂贵的俘虏所牵制。沈恕听到这里时微笑了起来，他的想法和千陶非相近。

沈恕发起谈话的时间是中午时分，不少人三三两两地扎堆吃着饭。朱安砚是在马房边上被沈恕找到的，他孤零零一个人，答完沈恕的问题便端着饭碗不知道走到哪里去了。月下无端和千陶非与其他许多人一起凑在一棵很大的橘子树下，树上挂满绿色的小橘子。沈恕问完两人，注意到凭虚子一直认真地关注着他们的谈话，便也问他："凭虚子，你怎么看呢？"

凭虚子腼腆一笑："不知道。我胆子小，只会搞搞情报。"

月下无端重重地拍了拍他的肩膀："凭虚子，你的胆子小，那么你当年到底为什么会来军营？"

"……我哥觉得我胆子太小了……"

一旁的桓倾为大笑起来："我说凭虚子啊，来都来了，就别总缩在后面！在前线说不定什么时候就立大功了呢！"

凭虚子还是腼腆地笑。千陶非摇摇头："你们又欺负凭虚子。"凭虚子连忙摆手说没有没有。月下无端又拍了拍凭虚子的肩膀。

桓倾为似乎突然想到了什么，不屑道："还有那个姓朱的，大概也是胆子小吧。不但只安于做个军师，每每还躲着我们大家，对着马吃饭，怎么不去做马倌呢。”范演也调笑道：“你看他名字叫什么，安砚安砚，安于笔墨是也，天生就是文人。”桓倾为嗤一声：“我桓家老祖当年因随太祖定天下而发家，我天生瞧不上文人。”

这话一出，几个文官世家出身的就都有些不悦。月下无端干脆别过头去，面有愠色，但一言不发，好像知道跟桓倾为理论也没用。其他人也都不说话，只有徐奉耿直地大声嚷嚷：“桓倾为，你这话可不对啊！我们在座的好几位可都是文官家出身，端哥尤其了……”气氛瞬间变得更加尴尬。

当晚，韩将军听了沈恕的回话，只笑着说什么小军师深谙套路，月下想法大胆，千陶非有远见云云，然后便严肃起来，布置了一些攻城的事宜。

沈恕微愣：“韩将军不是说越城攻不得吗？”

韩将军摇头：“主帅下令不可违啊。咱们西线的主帅霍小将军这是和月下想到一块儿去了。”

沈恕心里想，那这是霍主帅下的令了，霍小将军只道越城险要，故命我们乘机攻克，韩将军却顾及我们的安危，因而偏向保守的战术。

他这样一想，心中对韩将军的感情又深了些。韩将军看似豪爽粗犷，内心却极其温柔，对下属颇为照顾。因为家里孩子多，沈恕和父亲的关系一直很淡，沈恕心中父亲的形象更多带着韩将军的影子。

正是因为韩将军的温柔，权贵们才都放心把子弟放置在韩将军麾下“历练”吧。可若是他们中的谁出了什么事，温柔的韩将军不就成了首当其冲的罪人吗？

猛一回神，沈恕才发现自己已经走到了营地的边缘。他凭直觉一抬头，只见青天碧落月色清明，城墙憧憧的影子好像即将要够到那枚月亮，将之卡在角楼之间。

临春城·触摸

他们发现珊阑宫已经是半年前的事了。这段时间里，他们大致扫净了珊阑宫内的浮尘，清理了一些破烂的木板，又对看不顺眼的地方做了一些小小的修缮。他们甚至还搬来了三盆盆景，分别长着枯黄的狗尾草、生机勃勃的青苔和不知名的杂草。

可千陶非得回洑陵老家一趟。在大功告成后不久就不得不暂时离开临春城，这对千陶非来说有点遗憾。可她又不能不走。临春城西千家的本族远在洑陵。很多年前，千暮山在父亲的鼓励下出门闯荡，后又为了美景与真爱在临春城落户。这个小小的四口之家的独立存在让千陶非能免于大宅门或多或少的束缚，但出于礼节，她每年年底还是要跟着父母回本族去过年。

关于回洑陵这件事，与千陶非的纠结形成对比的是弟弟千堂昭的极度兴奋。千家人普遍具有的冒险精神在这个六岁的小家伙身上得到了过分的体现。一路上，他在马车车厢里乱蹦乱跳，在客船的甲板上跑来跑去，好几次差点跌入江里。千陶非无时无刻不听到他的响动。千暮山对儿子的行为睁一只眼闭一只眼，柳秋晚曾试图用故事和纸船让他安静下来，但这招却不似以往那样管用。这孩子专注起来比会试的考生还聚精会神，闹腾起来也是上天入地无人能降伏。作为姐姐，千陶非似乎只能在“跟着他闹”和“塞住耳朵不管他”之间任选其一，不过说来惭愧，她大部分时间都选择了前者。对珊阑宫和好友的不舍在半天之内就被孩子的玩性冲溃，千家姐弟一路朝洑陵疯去。到达目的地的前一天晚上，千暮山终于在孩子们大半夜商量着什么时候去弄几根鸡毛做个毽子的当儿以威严的父亲姿态出现，勒令他们立刻睡觉，免得第二天到了长辈们面前因为旅途中玩得昼夜颠倒而无精打采。

毕竟等到了那里，该走的流程还是要走完。比如在父母的暗示下一连喊几十个陌生的长辈。同辈的兄弟姐妹们关系远一点的已经不太喊得清楚，就含糊着哥哥姐姐弟弟妹妹地瞎喊一气。最搞不清楚的就是那几个明明也就和千陶非差不多大，却偏偏辈分和她不在一档儿的，让人不知道该喊他们什么。好在今年刚回来，曾祖母就发话让孩子们别管辈分，爱怎么叫就怎么叫，免得出现前几年都有的一些尴尬局面。

平辈中和千陶非最亲的要数她的三个堂兄。父辈千暮山兄弟三人中，如果大哥千信一不出仕他乡，千暮山自己不去临春城的话，他们应是和千参九一道留在洑陵的。而千陶非和三个堂兄也会从小生活在同一屋檐下，跟亲兄妹一样。世事不容许“如果”，千陶非见到堂兄们的机会很有限，但即便如此，比起那群千陶非搞不清辈分的远亲来，堂兄妹之间也因为更近的血缘关系而走动更多，感情更好。

几个堂兄里又数二哥千子名和千陶非最亲。大哥千子让大了千陶非九岁，过大的年龄差距让千陶非感觉到“长兄如父”的代沟。二哥只大她五岁，加之性格更加温和，思维也比较活泛，千陶非单方面觉得和他很谈得来。至于为什么说是单方面，是因为千陶非偶尔会怀疑二哥那么温柔到底是真的喜欢她这个小妹，还是仅出于对小孩应有的耐心。三哥千时远跟二伯一家住在洑陵，地理上的障碍决定千时远与千陶非相见的次数更少。大伯在祁城做官，而祁城和临春城紧挨着，所以千陶非和大哥二哥见面的次数要多得多。

千堂昭和堂兄们的关系不似千陶非和他们那么密切。在洑陵，和千堂昭关系最好的要数一个似乎比他小一辈的，名叫千问谌的家伙。千问谌与千堂昭同属于不省油的灯，他们把千家人代代相传的创造力完美地用在一些奇怪的方面。两人相比，千问谌的奇怪要更胜一筹。这孩子话不多，也很少笑，总睁着一双澄澈的眼睛看天。千堂昭信誓旦旦地说他曾无意中看到千问谌坐在树上和一只绿鹦鹉说话。不过在曾祖母肯定地表示洑陵城一带没有鹦鹉后，千堂昭的话就被公认为他自己奇思妙想的表现。

千陶非用洑陵本地产的信纸给涯轻尘、秦陌璃写信，这种信纸很轻薄，适合叠成各种奇怪的形状塞入信封。她在信中详细描述每一个有特点的亲戚，包括神出鬼没的千问谌，据说上过战场的某位祖姑奶奶，每隔一刻钟就必然要作诗的大伯，仙术使得非常好、算起来是千陶非孙子辈的英俊少年，整天研究阵法、神神叨叨的远房堂姐……千陶非还写一切临春城没有的事物，譬如特别特别圆的树叶，便宜许多的荔枝，年节时用穗子把铜板编起来做坠子的习俗，以及似乎人人都多少会一些的瓷塑手艺。

洑陵千家以瓷塑发家，现在也仍传承着当年的技艺，这座大宅子的每一个房间都摆着瓷器。一次，千陶非无意中走进了某个叔父的私人作坊，叔父高估了她对瓷器的兴趣，兴致勃勃地领她进了仓库，让她见识到了瓷塑世家的独特。仓库里汇聚了千陶非这一生已经见到和将会见到的所有匀称或是奇谲的器形，素净或是饱和的釉色，实用或是震撼的设计。十二个成套的掐金磨刻玉壶春瓶，用青花釉里红细细密密勾出一片丛林纹样的浑圆的将军罐，只有拇指大小却壁薄如茧的一对青爵，粉彩绘着桃儿的盖碗，通体霁红的剔花胆瓶，钴蓝雕云纹的汤盅，斗彩贴花的双联瓶，成对的天青冰裂纹斗笠碗，胭脂红地描金笔洗……天光从狭长的窄窗里映入，每一件瓷器上形成的光影都各不相同。千陶非当时就是这么怔怔地看着满地满架的瓷器，不知怎么就联想到了“时间”。

“时间就是平衡。”那个痴迷阵法的远房堂姐曾这么对千陶非说。

这段时间里，千陶非每天都很忙。祖母难得见到远在临春的一双孙儿孙女，很想多留他们在自己身边说说话，可千堂昭每每天色一亮就和千问谌不知道跑到哪里去了，祖母只好天天逮睡到日上三竿的千陶非。祖母把她喊到自己屋里，塞点心，塞小金豆，问这问那，诸如书院里功课学得好不好，父亲有没有带她上宫里去过，喜不喜欢吃香椿……当千陶非终于艰难地辨识出祖母的湫陵口音并点头回答自己喜欢吃香椿的时候，祖母就拍着手说到底还是我们湫陵人。千陶非从小在逢州临春城长大，听这话觉得怪怪的，嘟囔道："爹爹还不是湫陵人，怎么不见得爱吃香椿？"祖母便说老三在外边待久了，早年间被御膳房的美食勾引光了湫陵人的口味。不然怎么会在逢州定居，还娶了个逢州媳妇。

还有一个叔父（不是带她去看瓷器的那个），听说千暮山的女儿居然不会抡转盘，也闹不清青花釉里红是怎么回事，简直大惊失色，天天和蔼地强迫她去学瓷塑。千陶非硬着头皮去了几次，连个碗都整不出来。叔父痛心疾首，终于放弃了她。

柳秋晚在年节难得清闲下来。平日在家去哪里都是提着裙角疾步走，好像每天都有一万件要紧事非她亲自处理不可。不凶不横不严苛，全家上上下下却全服她管，看门的大黄狗连千暮山都吼，见柳秋晚就摇尾巴。千陶非隐约知道母亲管着家里的一些产业。湫陵这一个月，柳秋晚像是给自己放假，裙角不提了，步子慢下来，偶尔亲自下厨孝敬一下长辈，或是做点小玩意儿疼爱一下晚辈。有时候，带着千陶非到街上溜达溜达。

千暮山倒是希望在洑陵的生活能和在临春城一样，然而每天都会有同业的亲戚们打扰，盯着他问这问那，不是觉得自己把瓶子摆进窑的姿势有问题，就是觉得千暮山塑坯时微微上跷的小拇指有着不传之秘。

开春，处处躁动。千陶非一家返回临春城时，玉兰正盛。

如以往一样，千陶非给秦陌璃、涯轻尘都带了礼物，涯轻尘那份更厚些。因为涯轻尘的生日往往是在千陶非缺席的时间里过掉的，千陶非便权当多给他带一份迟到的生日礼物。而涯轻尘往往嘴上说着“不用不用”，接受得却很是欣然。秦陌璃说他虚伪，他便从此以后连“不用不用”都不说了。

今年千陶非给秦陌璃捎的是一叠彩笺，和千陶非在洑陵写信用的是同一种。秦陌璃高兴之余却又显出为难。

“下回还是少送我些小物件吧。”她有些不好意思地说，“回头又该被姐姐妹妹们抢光了。”

“她们敢抢你的玩意儿?”涯轻尘嗤之以鼻，“你爹是你们家最说得上话的，你娘又那么厉害，可听你的说法，像是大家都在欺负你。”

“她们可厉害了。要不就是直接向我讨，要不就跑到祖母那儿旁敲侧击评说我，我又不能不给。”

每当听到秦陌璃用无比淡定的语气说着这些千陶非从未遇到过的人情世故时，千陶非就觉得对方不是比自己小一岁，而是比自己大了好多岁。涯轻尘显然也有类似的感受，他费力地试图装作成熟却似乎并未成功，同时飞快地摇着手中的折扇。

所以，当夏季微微从春的底色中生长出浓荫，秦陌璃的八岁生日将至时，千陶非决定为她挑一件首饰。她在母亲的陪同下亲自为好友挑了一只琉璃步摇。其实她本看中的是一对蝶钗，无奈那钗子要价二两，而二两对一个九岁的小姑娘来说不是一个小数目。

早在秦陌璃生辰前半个月，一向形式感强的秦府就给全城与秦陌璃年纪相仿的富家姑娘下了邀请帖。秦家向来是礼数方面的老顽固，尽管孩子们还都未满十岁，却仍从形式上坚决恪守男女大防，涯轻尘是不在受邀之列的。当然，形式虽然严格，终究也只是形式。三人组的日常活动并没有受到男女大防的影响。

秦陌璃往往会在秦府拘谨的小宴会之后自发组织聚首，地点通常是白竹哥的茶馆。

白竹哥是白先生的养子。虽然经营茶馆这事儿总让人觉得不是一个私塾先生的养子适合的工作，但由于白竹对仕途没有丝毫兴趣，一向包容心较强的白先生也就没苦心孤诣地给他规划人生，由着他自己干去。白竹也没有辜负养父的信任，小茶馆开得热热闹闹。他喜欢钻营，喜欢花言巧语，也喜欢被人调笑着称作“奸商”。但孩子们往往用直觉看人，他们通明玉一般的眼睛看到的是奸商外表下一颗真诚的心。

“长寿面？一两银子一碗。”当涯轻尘问茶馆是否供应面食时，有着真诚之心的奸商云淡风轻地这样回答。

“白竹哥，别扯淡了。我们来给小茉莉过生日，没碗长寿面怎么行？”千陶非撇撇嘴。一两银子？一两银子够买五十几碗面了。

白竹眨眨眼：“哟，秦五姑娘过生日了？让我猜猜，六岁还是七岁啊？”

“人家都八岁了！”秦陌璃一拍桌子，不满地嚷道。

“好吧，长寿面十文。我从来不坑小孩子的。”

白竹离开后，涯轻尘又啧了一声：“真像白先生。说出来的话吓死人，实际上又是另一套作风。”

“白先生很好，可就是因为他太好了，我才更愧疚。”千陶非托着腮，看着天空。天空的颜色好蓝，像花厅里摆着的那套茶碗的色泽，一只绿色的鸟儿从半空快速掠过，留下一道淡淡的残影。

“你愧疚什么啊？”涯轻尘问。

这时秦陌璃也托着腮和千陶非一起看天了，她的眼眸中映着天光云影，她漫不经心地说：“雀儿觉得她学得不够好，但这也不是她的错，她很努力了。”

千陶非缓缓点头，依然看着天。天赋真的是强求不来的吧。秦陌璃和涯轻尘已经各掌握了一种仙术，凝火术也玩得极妙。她还是一种都没有学会，凝成的火球总是病恹恹的。她曾在月满中天的夜里悄悄试过左手的凝火术，她可以感受到，那个像月亮一样浑圆而稳定的光球充盈着力量，她却不能把它告诉任何人。

涯轻尘便也仰头看向初夏的天空。

……

谁与你一见如故

谁与你相逢

是否曾经遗忘过

那片蓝色的潮流

潮流之中

谁与你注定相遇此刻又亟待拯救

于是远渡重洋

在回忆深处

……

“你若想好了，就放手去干！”

来自另一个时空的声音遥遥响起，又没有了下文。千陶非眨眨眼睛，秦陌璃叹了一口气伏到桌子上，涯轻尘又摇起了他的折扇。

厢房的门开了，白竹哥端来三碗热气腾腾的面。千陶非下意识地开始吃自己面前的食物。涯轻尘突然说："雀儿，天下又不是只有源系仙术天赋好的人和源系仙术天赋差的人，还有的人根本就没有源系仙术，正如我们没有玄系或溟系仙术一样。"

"啊？"

"你肯定听谁说过吧，有个来自祁城名门望族的公子哥儿根本就没有源系仙术，他是玄系的。"

"啊？"

"你肯定也听说过的吧，那个……呃……月下无端。"

千陶非仔细想想，自己好像还真的不知在哪里听到过这个名字，但并不清楚细节。秦陌璃非常肯定自己不知道这个人并直接向涯轻尘提出疑问。涯轻尘啪地一合折扇，晃晃袖子故作严肃地说："其实，我还是从千尊那里知道的……"

"我爹？"千陶非眯起眼睛。

"嗯。"涯轻尘对千陶非点点头，"都是几年前的事情了，我爹带我去拜访你爹，你爹刚刚看完一封信，长吁短叹地说月下某某——我记不清名字了——他小儿子这回可要扬名了，听到这里，我……"

"你就看不得别人扬名，觉得自己的风头被抢了？"秦陌璃插嘴。

涯轻尘咳了一声："好吧，我承认我当时是这样想的。"

"呀，涯小少爷恐怕是多虑了，你本来也就没什么'风头'可言。"

“喂！再插嘴我可不讲了！”

“好吧好吧，你继续。”

涯轻尘清清嗓子：“总之，我对这件事有点兴趣，就问我爹是怎么回事。我爹就让我看报纸。报纸上只简单提及祁城某某家的小儿子月下无端经通明玉测试只有玄系仙术。”

“就这样啊。”秦陌璃有点失望。

千陶非愣愣地看着碗里的一只虾，想着原来还有比自己更惨的。

玄系仙术也是少见的仙术，但比起溟系还算多的。历朝历代总会出现几个玄系仙术持有者，溟系却是翻遍史书都少见。因此，民间虽没有流传“吃了玄系仙术持有者的肉会长生不老”之类可怕的说法，玄系仙术却普遍遭到源系仙术持有者的鄙视。

“雀儿雀儿，你还是跟我说说那对你本来想买的蝶钗吧。涯轻尘的故事都很无聊。”

“喂！”涯轻尘涨红了脸，“我自己不就是一段传奇吗？”然后他又一次说起了自己自幼丧母后决定学医以及为此付出诸多努力的漫长故事。秦陌璃则拉着千陶非的衣袖，一定要听千陶非详细描述那对蝶钗。当千陶非以“简直像真的一样”结束叙述的时候，涯轻尘也以一贯的“以后要么成为像包神尊那样厉害的药师，要么成为一个潇洒的说客”为自己的传说结了尾。

“小茉莉也可以去当说客或者药师。”这次他又加了一句。

“为什么呀？可我就是不想当说客或者药师。”

“那以后嫁给一个说客或者药师也可以。”

“不要。我要嫁给一个将军，打起来很厉害的那种。”

“小茉莉你别较真，涯轻尘可能只知道‘说客’和‘药师’这两个职业。”千陶非说。

涯轻尘却没有理千陶非，揪住秦陌璃的话不放：“你怎么可以嫁给将军呢？将军都又凶又丑又残暴！”

“皇上当年还带兵出征过呢，你是在说当今圣上又凶又丑又残暴吗？”

千陶非也忍不住说：“涯轻尘，你这是偏见！”

涯轻尘被怼得无话，只好愤愤然吃起了面。

秦陌璃又开始和千陶非商量什么时候去店里再看看那对蝴蝶钗子。

横关城·探寻

从黑压压的云层间漏出的金色阳光把战火硝烟都映成扑朔迷离的模样。督战的角楼上，千陶非瞟了瞟身边的朱安砚，问道："军师，你看这天气……"朱安砚迟迟没有回应，只是专注地凝视着战场。千陶非以为他不愿在全神贯注的时候分心回答她的问题，便耐心等待着。一段时间过后，千陶非终于意识到对方恐怕是没听到她在说什么，又开口："军师……"

朱安砚愣了愣，回过头："你是在叫我？"

千陶非点头，疑惑地问道："难道我叫错了？"可她记得很清楚，月下无端说朱安砚就是他们这一军的军师啊。

朱安砚露出一个似笑非笑的表情："没，没叫错。我只是不习惯你这么客气地对我说话。"

"哦？我之前对你很不客气吗？"千陶非好奇地问。脑袋上挨的一记摔让她忘记了过去的很多细节。涯轻尘说，她的记忆估计要大半个月才能完全恢复。他给千陶非留下了些药丸，要她每天睡前吃上一颗。于是每夜梦中，她的记忆就开始一点一点地修复，如今这一进度才堪达她九岁那年。

说起涯轻尘，他在给千陶非喂下那一大碗药之后便匆匆离开，说秦陌璃在宁国交涉的时候遇到了麻烦。作为说客的涯轻尘总是很忙，这次能在千陶非出事不久就及时赶到，也是因他“正好打算来跟横关城外那位于将军下盘棋”。涯轻尘所说的下棋当然不是单纯意义上的下棋，十有八九又是要就什么事推波助澜一下——他真的实现了小时候的梦想，既是说客也是药师，而秦陌璃作为他的妻子，也不甘示弱，同样是政坛的风云人物。

朱安砚重新把目光转到战场上。“也说不上特别不客气，反正……没刚才那么客气。对我直呼名字的时候更多。至于这天气嘛……”他看看上空浓密的乌云，“恐怕是要下大雨。不过我们这一军向来不怕这样的突发状况。”

“我们这一军实力很强?”

“我们这一军贵在善于出奇制胜。”朱安砚说，同时目不转睛地盯着战场上的一个点。

“你在看什么?”

“看月下无端对战于酌斟。”

千陶非朝那边看过去，暂时失忆的她很好奇自己传说中的未婚夫到底是何等人物。距离太远，她看不清细节，只看见两人中，一个持长剑，一个持枪，似乎势均力敌。

“持剑的是端哥。”朱安砚解释，“话说回来，月下无端有没有告诉你我们如今的局势?”

千陶非摇摇头:“他只说了一半，衡军好像就又打过来了。他就叫我来跟你一起督战。”

朱安砚微微颔首:“那我再跟你说一遍。我们这军约两万人，本并在霍将军的主力军里，一个多月前朝东前去支援即将沦陷的平湍城，不料衡军乃佯攻，平湍城无事，我们却被截在东西两个主战场之间的横关城。如今城内还有能维持大半个月的粮草，援兵半旬后就能抵达，可衡军的攻势一日猛似一日，我们渐渐难以招架。再加上前几日，身为城中唯一主将的你因为地滑，还没开战就在城墙上跌了个昏迷不醒，甚至失忆，我们的军心也不太稳了。”当朱安砚说到“还没开战就在城墙上跌了个昏迷不醒”的时候，他淡淡地瞥了千陶非一眼。千陶非只得摸着头讪笑。

“你一清醒，端哥就急着叫你上来督战，也是这个原因。今日大家见你来了，明显振作了很多。”

“除我之外，我们还有些什么人?”

“副将月下无端——这家伙，天生的二把手；副将温行正——年近三十，经验相对丰富；军师朱安砚——正是本人。我们这三个，再加上你，是我们的核心团队。”

他回头一看，朝西边不远处的城墙指了指:“喏，那个就是温副将。缺了一只眼睛的那个。”

千陶非看看温副将，又看看近前的朱安砚，问道:“朱安砚，你多大了?”朱安砚看起来很年轻的样子。

“咳，十九。”

“月下无端呢？”

“二十一……”

千陶非抚额，她今年二十岁，他们这个核心团队的成员真是年轻得过分啊……

说到月下无端，千陶非就又想起了自己在梦中刚刚恢复的记忆。

……

“雀儿，天下又不是只有源系仙术天赋好的人和源系仙术天赋差的人，还有的人根本就没有源系仙术，正如我们没有玄系或溟系仙术一样。”

“啊？”

“你肯定听谁说过吧，有个来自祁城名门望族的公子哥儿根本就没有源系仙术，他是玄系的。”

“啊？”

“你肯定也听说过的吧，那个……呃……月下无端。”

……

原来在那么早的时候，自己就知道了这家伙的存在。联想到那个不在千陶非记忆范围内的婚约，她突然产生了一种很奇特的感觉。不过话说回来……月下无端作为“来自祁城名门望族的公子哥儿”，是怎么跟她有婚约的？据千陶非现存的记忆来看，她家似乎无权无势，也非大富大贵，父亲顶多算个地方乡绅，自己这出身地位和月下无端差距有点大啊。

她非常想就这件事问一下朱安砚，却又觉得不好意思，心想记忆迟早会恢复，便暂且将此事抛到脑后。

“月下副将渐渐不敌了。”朱安砚皱了皱眉，千陶非往那个方向看去，长剑被枪逼得越来越紧。朱安砚解释道：“意料之中的事，于酌斟的岁数有端哥的两倍了，无论是经验还是实力，都胜了他一筹。”朱安砚又转头发了几道令，令旗和军鼓都被调动起来，好不壮观。千陶非忽觉热血沸腾，以为朱安砚要出什么绝招了，没想到，号令一发，他们的军队就都以最快的速度……跑回来了。月下无端也长剑一收，迅速遁走，他和最后一批回返的士卒略对付了一下追兵，就利索地借助城墙外的吊篮翻了回来。其动作之麻利，好像练习过千百遍一样。

“我们……战败了？”千陶非疑惑道。

“没。守城等待援兵这种事，重在一个‘拖’字。我们实力不足，胜负也没啥好争的。他们打过来了，我们正好活动活动腿脚，打不过就跑。”

“那衡军的目的不是攻破横关城吗？为什么我们跑了，他们不追上来？”千陶非思考着，“还有，一般来说，守城之战不都是对方爬城墙，我方把对方往下打吗？为什么我们的队伍要出城打？光是开关城门的过程就很危险啊。”

“因为对方是搦战。”一个冷静的声音从身后传来。千陶非回头，月下无端身着轻甲，装束因刚才的对战而有些凌乱，长剑仍斜斜挂在腰间。他本就身形挺拔，出去干了一架，虽未分输赢就遁了，此刻也应是意气风发的样子，可他的语气却沉着而理智，神情更是淡然，仿佛刚才什么都没有发生。根据千陶非的直觉，月下无端如此表现，好像也很正常。

千陶非回想刚才的战况，城门前的战场上兵卒不多，确实是搦战的样子。

月下无端进一步说明："于老头这群人，每隔几天就来一次搦战，虽说很烦，但确实……是不错的陪练。反正我们打不过就跑，没啥好怕的。"

千陶非一想，搦战虽无关最终胜负，却关乎军心。自己这边每次应战都是打不过就跑，那不是大损军心吗？

她提出这个问题，月下无端眉梢扬起，一声轻笑，少年之态一下释放开了。"我们这一军，自知不擅长硬碰硬，时机到了就跑是常有的事情。刚组建起来的时候，逃跑确乎有些令人灰心，但久而久之，大家也就没感觉了，反倒觉得自己打了一半跑回来是摆了对方一道，每每撤退都开心得很。你也看到了，刚才撤退的时候，个个都极为麻利。"

千陶非一笑，还没来得及表示什么，就听月下无端继续说："话说回来，这个'打不过就跑'的重要思想，还是你首创的。"

千陶非愣了愣："我？"

朱安砚勾勾嘴角："你是首创者没错，最终将这一理论贯彻下去的可是端哥。"

耳畔忽传来一阵惊雷。千陶非朝天空望去，墨色云团已经铺展了整片天空。

朱安砚啧了一声："还是快跑回去吧，等雨下起来就没法走动了。"可他话音刚落，一大片水幕便从天而落，与其说是大颗雨滴落下，倒不如说是空气沿着雨丝朝上跑。"这边的天气，真受不了。"朱安砚抱怨。

月下无端调侃道："朱军师不是想念远在亭西的家乡，而是想念家中的娇妻吧！"

"要你管！"

"朱安砚啊，你这人总是口是心非，大家都知道。哎，还记得你刚来那会儿……"

"你还提呢！那时候你就一少爷脾气！还有洁癖！"

"什么呀，这也叫洁癖？你自己还不是嫌弃这嫌弃那的。"

"我没有！"

"……看见什么都抿嘴抬眼睛，不是嫌弃是什么……"

千陶非看着他俩斗嘴，一股亲切感顿生。她失忆之前，这样的场面想必见了很多了。她抿唇一笑："你们两个真是……"

两人同时朝她看，目光中带着一丝惊喜，似是没料到千陶非还会用那么熟稔的语气跟他们说话。此前朱安砚就跟月下无端开玩笑说，他得从头开始赢回未婚妻的芳心，现在看来千陶非在情感上的记忆似乎并未受到太大影响。

"对了，我们还得跟她说说别的事。"月下无端对朱安砚说。

朱安砚看向千陶非，正色道："我们不打算公布你失忆的消息。知道实情的除了我们三个外，只有温副将。"

"还没开战，将军就摔倒昏迷，要是大家知道你还失忆了……"

"军心还要不要啊？"

"所以先让你认认人。"

"凭虚子最好认，一副娘娘腔！"

"还有那个阿开，长得像女人！"

"霍鹂儿可是货真价实的姑娘，其实最好认的是她……"

千陶非一下子接受不过来这些信息："停停停，认人的事先缓缓，我还想问你们一些事呢。"

两人异口同声："什么事？"

这不约而同，加上此前的一番斗嘴，若没有性别限制，千陶非会怀疑有婚约的其实是他们两个。她想发笑，又及时止住了，正色道："我的仙术如何？"

"挺差的。"朱安砚很直接地说。

"五行中，只会火、金二行的术法。"月下无端解释，"说实话，你的仙术真的不好。"他自嘲："但怎么也比我好些。玄系仙术太少见，连系统的理论都不曾传下来。我除了凝火术，也做不了别的什么。"

看来两人都不知道她的溟系仙术。千陶非便又问："我是不是会些阵法？"带着新的记忆醒来后，千陶非就总隐隐觉得自己和阵法似乎有些关系。

两人又面面相觑，良久，朱安砚点头："哪止'会些阵法'，你至少也是西主战场上阵法造诣最高的了。"

"我那么厉害？"

朱安砚说："我是两年前过来的，据我所知，你不太擅长正面打斗，当得上主将，靠的就是你眼力精准，决策果断，阵法厉害。"

"不擅长正面打斗不代表你不会。"月下无端补充道，"这方面你也挺不错的，只是和本少爷还有些差距啦。想当年，小朱还没来，咱们也不过十五六岁的年纪，都是从祁郊精兵营摸爬滚打出来的，基本上什么作战手段都学过。那时候我们时不时就要切磋一下的，韩将军还夸咱俩有天赋……他若看到我们……这一路走来……"

他的语气中混杂着缅怀、感慨和淡淡却真切的悲伤。一将功成万骨枯，即使失去记忆，千陶非也能猜到，自己的足迹上淌了多少血。别人的血，自己的血，敌人的血，朋友的血……她冰凉的指尖抚上自己的太阳穴，猩红的色彩在脑海中浮现……那是夕阳……和夕阳下的少年。

那少年不是月下无端，更不是朱安砚。他是如此耀眼，他曾经来过，他曾经离开。

一阵沉默。倾盆的雨尚未停歇。

"我还是坚持……"仿佛过了很久，朱安砚才打破沉默，"凭虚子最好认！他最妖娆了！"

“论妖娆谁及得上你朱军师！别那么谦虚啦！”月下无端笑答，“最好认的还数阿开。”

在千陶非被灌输了军中各人的外貌、性格、职务等信息后，这场暴雨也终于停止了。三人闲聊着踱出角楼，下城楼的时候，两人忽然都紧张兮兮地扶住了她的肩。

一个说“小心雨天地滑”，一个说“小心再摔傻”。千陶非苦笑，但还是万分谨慎地下了城楼。

越城·入瓮

广安三年六月，越城破。

走进越城古老的青石城门的那一瞬间，沈恕忽然回头望了望城外，一种不安无来由地在心中扩散。八军是有实力的，但刚才的战斗是否推进得过于轻易？莫非真如月下所言，此战是衡军瓮中捉鳖战略的一部分吗？

那便依月下所说，将计就计吧。沈恕强压心中不安，故作轻松地想。

为彻底摆脱这种情绪，他决定做些别的事。他来到军医处，查看伤员的情况。大帐中，药草香和淡淡的血腥味很快令沈恕暂时忘记了之前的不安，他迅速投入到帮助与慰问伤员的工作中。出来时，正见胳膊上缠了绷带的千陶非和月下无端不知在说些什么。月下无端的一侧脸上有一道狭长的伤口，却不知为何没有做任何处理，还渗着血。看千陶非的神情，她似乎在和月下无端争论，月下无端微噘着嘴，别过头，不太情愿的样子。沈恕看见这一幕，忍不住挑了挑眉。

千陶非和月下无端的关系总是莫名亲近啊。

沈恕走上前，问道："月下，不去找军医敷点药?"

"轻伤，不打紧。"

"他不肯用军医的草药。"千陶非不满道，"少爷脾气。"

沈恕忍笑："月下，你以前受伤，难道从来不敷药?"

"我自己有药！可是用完了……"

沈恕无奈地叹了一声："好歹也是个贵族公子，脸上留这么一道未免不太好看。赶紧去敷点药。"

"不。"态度很坚决。

千陶非不耐烦地从口袋里翻出一个小瓷瓶，采一片叶子倒上些药粉，很粗暴地抹在了某少爷的俊脸上。

月下无端怪叫一声："你干什么!"

千陶非瞪他："我表哥给我的药，用在这种伤口上真是浪费!"

沈恕知道千陶非的表哥乃包神尊的小弟子，这药粉自然不同寻常。月下无端这下终于不再争辩，不好意思地道了谢，然后便被沈恕赶去帮着清点伤亡。千陶非看着他的背影，气还未消："沈偏将，你说他怎么这样奇怪!"

"你别忘了，这家伙在两三年前还没见过甲虫呢。"沈恕嘴角轻扬。

那时候，月下无端等人都刚到军营来，有一次大家在河边吹牛皮侃大山，忽有一只甲虫从边上爬过。沈恕清楚地记得，月下无端当时突然不说话了，眼睛紧张地盯着那只甲虫，还小心翼翼地退到了一块石头上。范演好奇地问："怎么，没见过甲虫?"月下无端缓缓点了点头，为此被大家嘲笑了好几天。

"说得也是。"千陶非点点头，"这家伙其实挺好的，就只这么一个缺点。"

沈恕挑挑眉，目光向着远山，感慨道："只可惜是天生的玄系仙术。"

千陶非顿了顿，说："我倒不觉得玄系仙术和溟系仙术就不如源系仙术。"她伸出左手悬在空中，左手依然缠着纱布，她张开口，欲言又止。沈恕等着她说些什么。千陶非说："我虽然是源系仙术，但天赋实在太差，还不如……有玄系仙术呢。"

沈恕还是微笑："现在这样也挺好的。"

"沈恕，你是个全才，所以无论别人怎么样，你都觉得挺好的。你不理解这种心情。"

"……可能我确实不理解，但刚才的那句话，我却是认真的。你的仙术虽然很差，但是……"他郑重地说，"但你还会阵法，武学天赋也很好，又很有远见。韩将军常说你是个将才呢。"似是想到了什么，他忽地粲然一笑："韩将军还说过，你若为将，月下必得当你的二把手。"

千陶非兴致勃勃地追问："韩将军真的这么说过？阿端的军衔每次都升得比我快些，最后若是给我当二把手……哈!"

"所以，仙术不好并没有什么关系。"

千陶非又低头去看她左手上的纱布，叹了一声："仙术不好……"

千陶非曾对沈恕解释过，为什么她的左手总是缠着纱布。她小时候被仙术误伤过左手，若用左手施发仙术会引起性命之忧，而在手上缠物是利用外因阻止仙术施发最简单有效的办法。本就天赋不好，再加上这一条限制，也难怪她要叹气了。

千陶非放下左手，说："我去练武了。心里有些烦。等阿端做完事了，能帮我把他叫来一块儿练吗？"

沈恕说："我也能陪你练的。"

千陶非的眼中闪过惊喜："沈偏将有空？"

沈恕展颜一笑："有空。"

他们一面朝场地走去，一面聊着两年前一起蹲在战场后射杀逃兵的时光。其实逃兵哪里有那么多？大多数时候，沈恕只是站在高处，为千陶非指点着眼前黑压压的战场。千军万马的走势都跟沈恕预判的一样，恍若全在他的调遣之下。有时候他顺带教她箭术，时至今日，千陶非已能做到百步之内箭无虚发，是和沈恕并称的第一神箭手。月下无端虽在许多方面都比千陶非稍胜一筹，箭术却不怎么样，远远不及千陶非。

千陶非绕回自己的营帐取了自己的弓箭和枪来，随意搭上弓朝一排靶子射去，皆正中红心。沈恕注意到，她的神态看似散漫，实则在发箭时有极短却超常的专注，不禁赞了一声："不错！"

千陶非一抱拳，笑盈盈道："过奖。"她放下弓，拿过自己的枪，沈恕一直把自己的枪带在身边，此时也会意地拿起来和她比画。千陶非平日不着甲胄、不执兵戈的时候，也不过是个较为爽利的女子形象，虽落落大方、英姿飒爽，却终归也有见到虫蛇胆小的时候、耍性子的时候，叫人时时想起她还是个十七八岁的姑娘家，非史书里许多生猛到可以忽略性别的女将。此时一拿起枪来，她竟也勃发出一阵杀气。沈恕的枪法在她之上，本想着让她一让。过了好一会儿，看她移步甚是奇怪，且时不时踢挪着地上的石子，才意识到她这是在偷偷布阵。沈恕太久没和她过招，竟忘记了还有这一招。刚刚反应过来，就发觉自己已经被定在原地动弹不得，周围的沙土地上是一圈诡谲而有规律的线条。若敌人在战场上中了她这一招，就难免生杀由她了。

沈恕惊道："若是拿这招去对付敌方的将领，他们岂非毫无还手之力？"

千陶非摇摇头："你想得太简单了。战场上乱作一团，布置了阵法也容易被破坏掉。将领级别的人物大都骑马，通常不等我布完阵，他们就跑出了阵。好像只有一类叫什么'间位'的阵法才能突破这种局限，可我学不会。"

沈恕笑道："你那么聪明，怎么会学不会？"

千陶非的脸色沉了沉："学不会便是学不会。"她用脚将阵法破坏掉好让沈恕出来。

沈恕见她面色不对，安慰道："不会就不会。现在这样已经很厉害了。很多人还都不知道阵法为何物呢。"

千陶非神色缓了缓："我很少在战场上用阵法，衡军里没多少人知道我是会阵法的。哪天遇到什么情况，我的阵法倒也是一个筹码。"

沈恕敏感地察觉了她话里的意思，问道："哦？这么说来，有人是知道的？"

千陶非撇嘴："我也不确定他到底发现没有……就是那个临天纵横，几个月前夜袭敌营，正好撞上他，不得已只能用阵法脱身。按理说，夜色之下，应该不易被发现异常……但阵法总会留下些痕迹，我不太确定他是否发现了。你那时候在正面战场上，因而不知道此事。"她忽又愤愤不平道："那次夜袭简直是我的一大耻辱！混蛋临天纵横打掉了我的兜鍪，我的一半头发都被他给削掉了！"

"难怪你那时候剪了头发，还说是什么'割发明志'。"

"难道还任头发一半长一半短？好在那次终究是烧了衡军的粮草，不然真是太丢脸了。"

沈恕想到了什么，心中一动，打趣道："他可能一直爱慕你，故而削你的头发保存。"

临天纵横出身衡国的武将世家，少年成名，如今也不过二十三岁，与沈恕同岁，并且……很是英俊。千陶非是战场上少有的女子，打仗厉害，长得也好看，性格却一点也不刁蛮，临天纵横若是爱慕她，沈恕不会觉得奇怪。于是沈恕想来想去都觉得千陶非很可能被那个临天纵横看上了，可光是这样还不是最危险的……

千陶非却似乎对沈恕的话浑不在意，说道："临天纵横？本姑娘看不上他。沈恕你多好，长得俊，又有才华……"

沈恕的心跳一下子变快了。

只听千陶非接着说下去："桓倾为、徐奉、范演、严观、温行正、凭虚子……他们也都是个顶个的好看，性格也挺可爱的。还有阿端，他若把少爷脾气改掉，箭术再精进些，我说不定就找他谈婚论嫁了——嘿！我这些年来总和俊公子们混在一起，怎么会轻易就看上临天纵横？"

"咳咳咳……姑娘家别这么直白嘛……"

"沈恕，我没有同胞哥哥，你在我心里比亲哥还亲！在亲哥面前，我当然无须讳言！"

听了这句话，沈恕简直不知道该哭还是该笑！

对对对，他早就对现在正笑眯眯地拍他肩膀的某人心怀不轨，也早就知道对方对他除了曾经有过如今却早已消逝的懵懂恋慕之外再无其他想法，可当他亲耳听到自己在她心中就是个亲哥形象，以及关于月下"他若把少爷脾气改掉，箭术再精进些，我说不定就找他谈婚论嫁了"的说法时，他还是觉得非常崩溃。

月下无端忽然从不远处的营帐后走来，步履轻快。他朝沈恕挥挥手："沈偏将，韩将军正找你！"沈恕应了一声，往月下无端来时的方向走去。转弯时瞥见月下无端似是轻声对千陶非说了什么，很快便听千陶非暴喝一声：“我刚才什么都没说！”

韩将军召集偏将及以上的将领们是为了告知情况和分配任务。不出所有人的预料，衡国确实计划着要瓮中捉鳖。越城外，已有衡军遥遥守着了。但根据韩将军了解到的信息，这一切也都在主帅的掌控之中。他们有可以维持三个月的粮草，现在要做的只是在城内养精蓄锐，坐等东西两路军在越城附近会合，然后轻松突围。由于一群公子王孙的存在，分配给八军的从来都不会是最危险的任务，这次也是如此。少爷们参军的初衷或是为了替家族表忠心，或是不知轻重觉得自己能成就一番伟业，或是希望得到历练。无论是哪种原因，他们都不好真的在战场上出事。但沈恕怀疑，过分的保护会助长某些人的盲目自信。

没有哪位少爷出战是不带着几个家将亲兵在周围暗中保护的。亲兵的数量有少有多，少的如沈恕自己、月下无端，只带不过三四个。多的如桓倾为、严观，带有二十余人。严观是个谨慎性子，不会仗着自己有那么多护卫就搞事情，桓倾为却不然。作为桓老侯爷宝贝得不行的嫡亲小孙子，他本就任性自满，在亲兵的保护下冲杀了一圈就觉得自己非常厉害，且总想着立一次名垂青史的大功劳。这种性子相当容易在关键时刻坏事。

看似轻松的等待，也未必不艰难。

两只蝶钗安静地躺在红色的锦缎之上。粉色的那只双翅微翕，恬静闲适；蓝色的那只振翅欲飞，翼下似有疾风。惹得两个姑娘惊叹不已。

“好想买啊！”秦陌璃说。千陶非一个劲儿地点头表示同意。

可二两银子终究是有些贵了，而且她们担心的也不只是钱的问题。

“我爹娘只怕是要说我的。”千陶非看着蝶钗说，“我爹一向节俭，肯定不会让我乱花钱。我娘老说我柜子里藏着那么多首饰却总也不戴，再买新的又要被她说了。”

“大姐姐也一定会觉得我小小年纪就不知节俭，只知败家。二姐姐又会借大姐姐之言添油加醋，说我不稀罕家里的东西啦等等，故意惹四姐姐来找我寻衅滋事——上次祖母给了我一个水晶花钿，隔天就被四姐姐‘无意中’给摔了。”

千陶非听了，吓了一跳：“天哪，你天天过的就是这样的生活吗？”

秦陌璃得意地摇摇头：“不瞒你说，我的败绩还真不多。大部分时候她们都玩不过我。再说，我要是不偶尔吸引一下火力，六妹妹就要被欺负死了。”

千陶非想想以前听别人谈起的秦陌璃爹娘的事儿，看着秦陌璃这得意的模样，有些心疼这小姑娘。

秦陌璃的父母一向不和，父亲秦涧在正妻赵氏过门不久就给家里添了一个庶长子秦嵚。赵氏本也是温婉的性子，但因一直得不到作为正妻应有的尊重，又被热衷宅斗的妯娌们闹得不可开交，渐渐露出了强悍的一面，在秦府大大小小闹了好几次，到了成亲七八年后秦陌璃出生时，她已经磨炼得全府无人敢犯。也许是因为女儿的关系，秦涧也终于有些良心发现，对赵氏的态度有所好转。

虽然秦涧、赵氏、秦嵚三人关系比较尴尬，但他们有一个共同的特点：都护着秦陌璃。秦五姑娘嗅着宅斗的硝烟，在父母兄长的保护下成长起来，那些深宅大院的弯弯绕绕和太阳自东边升起的真理一起成了她单纯的世界里自然而然的一部分。

“唉，好想买啊。”秦陌璃双眼圆睁，愣愣地看着钗子。

“我们可以合起来买下它，一人分一只。”

“只是不能被大人发现。”

“对。”

第二天，她们就各拿了一两银子买下了这对蝴蝶钗子。

秦陌璃拣了那只粉的，千陶非拿了那只蓝的。她俩一路蹦蹦跳跳到珊阑宫去，仔细打量自己的钗子，真是越打量越喜欢。不过她们随即就发现不能把钗子戴出去，一戴出去就难免被家里人知道。但即便如此，她们也不为自己的决定后悔。千陶非甚至还在当天白先生布置的习作里细细写了这件事，并对自己的遣词造句十分满意。

他们的书塾自然不仅传授仙术，文史也都通学。一般来说，白先生每半旬就要布置习作的。

把习作交给白先生之后，千陶非还沉浸在这篇自认为写得非常不错的习作中，直到涯轻尘提醒了她这篇习作会暴露蝶钗的秘密。千陶非被他这话吓得不轻，在与秦陌璃做过周密的作战计划后，千陶非终于决定铤而走险，从先生的书斋里偷回她的习作。

“毕竟这错误是我造成的。”她神情凝重地对秦陌璃说。

于是，上午的课结束后，千陶非大着胆偷溜进了白先生的书斋。尽管心脏因紧张而狂跳，她还是很快就找到了自己不久前上交还未经批阅的习作。但壮举往往功败垂成，就在她想要溜出去的时候，门口突然响起了白先生不紧不慢的脚步声。越来越近的脚步声没有留下让她翻窗而逃的时间，她环顾四周，当机立断地踩着椅子跳上了书阁。千陶非刚刚把脚缩进昏暗的书阁内部，就听到了白先生推门的轻响。

于是她屏住呼吸，慢慢地慢慢地挪动到较为宽敞的书阁内部，又很耐心很耐心地等待着。过了一段对孩子来说已经很漫长的时间后，她又悄悄探出头去瞄白先生的动向。白先生背对书阁，安坐在自己的桌前，手里捧着一本书入神地看。千陶非暗道不妙，白先生看起来一时半会儿是不打算走了，那她得被困在这里多久啊？她临行时嘱咐秦陌璃让千堂昭带信儿回家，说她跑涯轻尘家吃饭去了，但这也不是长久之策。谎言终究存在被揭穿的可能，若是白先生一直到下午学生回来的时候还不离开，千陶非甚至会赶不上午后的那节静修课。

她打量着自己所处的环境：头顶上一人高的位置是天窗；向前下了书阁后，左边也有窗户，白先生背对着那扇窗；左右都是叠放的书籍；身后是未知的区域。千陶非试着寻找一条足够安全的逃亡路线而不获，感到有些紧张。她的双腿因长久保持跪爬的姿势已然麻木，她又朝书阁里面退了退，以便偷偷伸伸腿。

白先生还是没走。千陶非听到他翻书的声音。为什么他还不走？

千陶非终于等得乏味了，藏匿所带来的一阵心跳加速逐渐平息，长久没有出现的变故让她松懈了警惕。她借着天窗的光线打量着周围的书籍，一眼就看到了一本《阵法小涉》。阵法？她好奇地眨了眨眼，那个研究阵法的堂姐曾给她讲过一些关于阵法的事。她大致知道，阵法是关于通过各种位置关系的排列而形成特殊的“场”的学问。所谓的“场”又是什么呢？堂姐也讲不清楚，含糊地说是一种“能量的存在”。

千陶非这么想着，缠着纱布的左手已经把这本书从那高高的书堆里抽了出来，她瞟了瞟灰蓝色的封面，立刻就翻开了第一页。

阵法是一门冷门的学问。今人多重仙术，眼界略宽者兼习外界的武学。然武学自大一统的延朝传入至今，形式逐渐冗杂缭乱，华而不实。阵法虽滥觞于更早的两朝时期，却一直没有得到大的发展。具体的阵法种类繁多，看似无律可寻，其实有一套潜在的运行规则在它们的背后如潮汐般涌动。所有的阵法都能拆解成数个独立的符号。通常，只要拆解出了组成阵法的符号，阵法就已被勘破。拆阵不是一件容易的事，符号在组成阵法时往往都经过一定的变形，在实际使用中，也经常因地形的限制而改变理论上的走势……实际布置阵法时，需根据阵符本身、地形、阵子等多重因素灵活置阵，切忌只据理论。阵子指参与布阵的……

书斋竹门发出一声轻响，借着天窗漏光专心阅读的千陶非一惊，翻页的动作停滞在半空。半晌，她才小心翼翼地朝外面瞄。背对着窗子的书桌前空无一人，白先生离开了。

千陶非把书放回原位，竟有些遗憾的感觉。但她没有为此耽搁，她抱着偷来的习作，跃下书阁，手脚麻利地翻窗而逃了。

她一溜烟儿地飞奔回家，在大门口撞见了千堂昭。

千堂昭见她回来，兴致勃勃地问："事情成了？"

千陶非严肃地点点头。

六岁的小男孩便强烈要求姐姐讲述她的一番冒险。千陶非认为不便在自己家门口讲如此机密的大事，便在自家的小院外选了一处安全的墙根，一边讲一边注意周边的情况，生怕被人窃听去。千堂昭听完故事后对姐姐很是佩服，唯一不满的就是姐姐没有把偷习作的原因告诉他。要想编个理由其实也不难，只是千陶非坦率惯了，不愿说谎，也不会说谎。千堂昭出言威胁："不告诉我，我就把这件事告诉爹娘。"做姐姐的被轻易打败了，只好透露真相。千堂昭自然不会说漏嘴。他偏执、倔强、怪异，却也说一不二，重情重义。千陶非很了解他的性子。

事实上，姐弟两人虽然性格不同，感情却非常好。多年后当这对分别已久的姐弟再次相见时，他们仍从对方脸上淡然中带一丝不屑的神情里看到了和自己一样的血脉，并同时露出了一模一样的带着一丝诙谑的微笑。

后来，千陶非也没有瞒千堂昭自己总是伺机溜上白先生的书阁看阵法书的事情。

千陶非一直对那本《阵法小涉》念念不忘，而看书的途径似乎只有这么一条。她清楚地知道这种行为的危险性，但为了了解阵法，她别无他法。市面上有关阵法的书籍着实不多，她弄不到。

当初堂姐给她讲阵法的时候，她也没觉得特别好玩。怎么自己看了书之后，就对此充满了好奇呢?

这么想着，蹲在书阁中的千陶非翻开了下一页。这一页上没有大篇幅的文字，只是画了一些常规的阵符及注解。再翻一页，便是布置一个简单阵法的范例。

横关城·不安

“将军，好久不见！”一青年从人群中挤到千陶非面前，往她肩上轻打了一拳。

月下无端站在千陶非另一侧，眼睛瞅着天上，用尽可能轻的声音提醒：“这是桓倾为……”

千陶非眨眨眼，很快反应过来，也笑着往桓倾为的肩膀上轻击一拳，说：“是啊，好久不见！”

下一秒又挤来了一个身材瘦削的家伙，月下无端来不及暗示什么，他就拍拍千陶非的肩膀，什么也没说就很快重新挤回人群中去了。

月下无端悄悄道：“刚才是严观……啊，庄统领！”被人叫住问话，他复又回头应道：“……她当然已经大好了！倒是你自己的伤要小心些……不不不，我不是在说你老了……”

这时，千陶非忽觉得手腕被人撞了撞，偏头一看，来人笑言：“前几日将军不在，大家都挺不习惯的呢。”

千陶非紧张地一愣，两秒钟后才忽然福至心灵，想起此人必定是朱安砚口中“人不坏但笑起来总感觉挺不怀好意”的陆秀才，她几乎激动地说：“陆秀才！”又不知道接一句什么，摸摸鼻子说：“刚才想跟你说什么来着……我突然忘了。”她一边说，一边悄悄往远处挪去。

他们艰难地越过嘘寒问暖的人群，来到了一片营后空地上，不约而同地长舒了一口气。

月下无端递给千陶非一杆枪，说：“比画一下，看你还记得多少枪法。”

长枪有两人不到的高度，看似沉重，实则极轻。千陶非随手一舞，枪尖在空中画出漂亮的弧度。月下无端拔出自己的长剑，不紧不慢地挥出去，给千陶非留下充足的准备时间。千陶非抬手一迎，又划转过来，侧向一击。月下无端以剑横劫住攻势。两人来来往往过了十几招，速度越来越快。千陶非遍布全身的神经末梢都被刺激起来，她稳住呼吸，微眯起双眼，在招式与招式之间找到观察、判断、决定的空隙。随着记忆一起短暂消失的枪法回来了大半。月下无端出手越来越快，千陶非也越战越勇。原本闲庭信步般的过招成了真正的比试，刀光剑影乱飞，碰击声肆响。

“不错。”月下无端收剑入鞘，“枪法要是都忘了，就麻烦了。”

千陶非哼一声：“我怎么会忘！”

“你的记忆呢？恢复得怎么样？”

千陶非想了想，说：“大概……到奉平三年吧。”

月下无端看起来有点失望，感叹道：“奉平三年……那时候你才多大啊？唉，感觉完全恢复遥遥无期啊！”

“急什么，慢慢都会想起来的。”

“可这样见见兄弟们都得在你边上提醒，真的好累……你说我要是把你这几年的经历都讲给你听一遍，你会不会都想起来？”

“没必要吧……”

两人休息了一会儿，打算再切磋几招。这时，一个戴着羽冠的家伙从竹林边上绕过来，其气质之妖娆，让千陶非一眼就认出来此人便是传说中的凭虚子。

凭虚子疾步走来，对两人一拱手：“千将军，月下副将。”

月下无端问：“于老头又在整什么？不会又来搦战吧？”

凭虚子道：“探子传来的消息是，衡军打算今晚来袭。”

“可靠吗？”

“在下汇总了多方的消息，应该无诈。”

千陶非微一蹙眉：“这两天……援兵快到了吧……”

月下无端叹道：“是啊……看来今晚是一场恶战了。于老头肯定是想在援兵来之前把我们都解决掉。他们的实力也就这样啦，以多欺少对付我们还行，咱们的援兵一来，他们就得溃逃。”

凭虚子走后，千陶非又追问道：“于老头的实力究竟如何？说清楚点。”

“喂，你不会是想上场吧。”

“对。记忆恢复的速度太慢了，我总不能一直不上场吧。”

“今晚的战斗会比较危险……”

“不危险我为什么要去！这么关键的战斗，主将若是不在，想必大家会有想法吧！”

月下无端思考了一会儿，说：“算了，这个问题晚些时候再说。你不是问于老头的实力吗？我跟你讲讲。”他大致说了一下最近的几场战斗：“大概就是这样。姓于的此前很少在正面战场露脸，我们对他们了解不多。但以这几天的情况来看，他们的实力也不算很强……能困得住我们应该是因为他们人数上占优势！”

千陶非挑挑眉：“是吗？你就这么肯定他们不是扮猪吃老虎？”

“所以啊，相较之下我倒宁愿对阵临天纵横。临天纵横好歹也是咱的老对头了，于酌斟这家伙却让人觉得心里没底。就算他们真的隐藏了实力，我们又能怎么办呢？唉……受制于人哪。我真不喜欢守城。几年前的越城一役——你还记得吗？不记得也罢——我们当时被围困了三个月，消息递不出去也传不进来，我们差点以为自己已经被放弃了……后来，好不容易杀出一条血路的……”

千陶非一怔，一串连贯的旋律横穿邈远的时间和空间飞掠而过，和一段临春城的笛声在意境上神奇地重合，带着淡淡的血腥味。“奉平……”她喃喃道。

“那是广安三年的九月。温副将的那只眼睛就丢在那时候。”

“广安三年的九月……”千陶非茫然地念着，火光、血、城墙青砖、笛声、夕阳、悼怀……心口像是被厚厚的棉布堵住，她做了一次深呼吸，左手不禁抚上腰间的匕首。

她不记得这把匕首的来历，但见匕首放在自己床头极近的位置，便知应该是自己此前一直随身携带的，就系在了腰上。

月下无端的眼神也有些复杂，他勉强笑了笑：“想起来了？”

“……没有。”

“广安三年的九月死了不少人呢……”

“……”

“你还好吧？”

“……”

月下无端笑着去揉她的头，似乎想说几句积极的话。但他张开口，终究什么也说不出来。勉强的笑容散去，他闭上眼，又起风了。寥廓的清蓝清蓝的天幕上，一朵一朵的白云像鱼一样顺着风游弋。凭虚子离开时经过的那一片竹林推推挤挤挨作一团，和月下无端墨绿墨绿的发梢融在一起，被风研开。月下无端再次睁眼的时候，风也刚好停下来，他揉揉自己的太阳穴，颇有些头疼地说：“糟了，这几天一忙起来，就把鹂丫头给忘了。”

“鹂丫头？是你先前跟我说过的，霍将军家的小妹？”

“嗯，霍家四小姐，霍鹂儿。那丫头跟你最亲了。前几日崴了脚，行动受限，不然早来找你了。你醒了之后一直没去看她，她又该发脾气了。要不，现在就去看看她？”

千陶非笑道：“好啊，去看看她。”

霍鹂儿是月下无端和朱安砚向千陶非描述的一大群人物形象中，千陶非印象比较深刻的一个。她是祁城霍家的千金，霍将军的小妹，正值二八年华。据说从小就吵着要出征打仗。前两年千陶非升为主将一事又提醒且刺激了她的这个想法，于是借着父亲的权势，硬是插到了千陶非这一军。

那天千陶非听到这里还感叹，霍家不愧是将门，女儿都这么厉害，霍老将军更是胆子大，女儿说要去他还真就同意了。当时朱安砚就好奇地问她，她爹娘当年是怎么同意她参军的。千陶非诚实地回答说她不知道，那段记忆还没恢复。

霍鹂儿的单人小帐挨着千陶非的，毕竟同为女子，这样相互也有个照应。得到帐中人的允许后，千陶非、月下无端两人进了小帐，霍鹂儿靠坐在床上，看向千陶非，眼神充满了哀怨。

“雀儿姐姐……你怎么都不来看我……”

千陶非极力做出自然随意之态往床上一坐，说：“这两天忙嘛。”

“你雀儿姐姐把自己摔晕过去那么久，醒来后自然有很多事情要处理。”月下无端抬着眼帮腔。

霍小姑娘朝他翻了一个白眼，说：“月下无端，我们女孩子说话，你一个臭男人横在这里做什么？”

月下无端哼了一声，也不打算走。千陶非更是不希望他走，若是霍鹂儿说起什么她记忆范围之外的事情……那就不好玩了。

没想到月下无端越是不肯走，霍小姑娘就越是铁了心要把他赶走。她小脸一板：“月下公子，战争年代，霍家人说话可比月下家有分量。”

月下无端无奈地笑笑：“丫头，别说得那么严肃。”

“你看准了本姑奶奶是庶女，就欺负我，是吗？”霍鹂儿瞪着他说。

“霍四小姐，在下也是庶出……”

千陶非不得不多说几句来扭转形势，不然月下无端非得被霍姑奶奶赶走不可。她揉揉霍鹂儿的头发，柔声道：“我们待会儿还有事要办，顺路来看看你，你要把他赶哪里去？”

“就让他等在外面嘛。”

“这两天风大，他若冻病了，谁去单挑于老头？我刚清醒，身体又不好。”

看在雀儿姐姐的面子上，霍鹂儿终于停止了对月下无端的驱逐，撇撇嘴，抓着千陶非的手晃了两下，一脸担忧地问道：“雀儿姐姐，你怎么会把自己摔晕的呢？”

月下无端一笑：“这丫头当时知道你摔晕过去，笑得蹲在地上站不起来，这会儿觉得愧疚了。”他又挨了一个白眼。

“雀儿姐姐，我哥哥什么时候才能来救我们啊？”

她指的是她大哥霍齐霄将军，也就是他们常说的“霍将军”。严格算起来，“霍将军”其实有好几个，因为霍齐霄是他们的主帅，关系更亲近些，所以大家口中的“霍将军”通常指他。而老一辈将领却通常把霍齐霄称作“霍小将军”，以示区分。但新一代年轻将领们总觉得如此称呼一位不惑之年的将军怪怪的，因此没有沿用。

千陶非笑道：“西边战场还得你哥撑着，他不会亲自来救我们的。”

“那谁来救我们？我爹？我三伯？不会是我二哥吧？”

月下无端又忍不住插嘴：“你大哥应该会派他手下的副将来的，就于老头这水平，用不着你家‘霍将军们’兴师动众。”

霍鹂儿看起来有些失望。

忽然，她的眼睛又亮了起来，说道：“雀儿姐姐，我听说了，今晚可能有战事，是吗？那——我能去打仗吗？”

月下无端对千陶非说过，霍鹂儿虽来了军中一年多，却从未真正上过场。她的能力没什么问题，将门虎女，弓戟矛枪样样拿得起，就怕她真去了前线被吓得慌了阵脚，边上又没人护得好她。霍鹂儿若真想上场，还得再磨磨。

于是千陶非回答：“你不是崴了脚吗？怎么好去打仗？”

“我的脚差不多好了！”

“那也不行。”月下无端斩钉截铁地说，“让你雀儿姐姐陪你射杀逃兵去，她那么大的时候就在干这事。”

千陶非一听不干了，说道：“我不是说了今晚我要上场吗？”

月下无端抬抬眉毛：“病还没好全，别急着牺牲你自己。”

“月下副将，这话可就不对了！”霍鹂儿发现千陶非和自己站在同一边，兴奋起来，“雀儿姐姐是主将，你是副将，你有什么资格拦她？”

月下无端一口气吹开挡在脸前的一缕头发，从椅子上站起来，说道：“我是她未婚夫，我关心她，不行吗？”

“但她的职位比你高！”

月下无端愣了愣，然后苦笑着摇了摇头。

千陶非抬手，说道：“行了，阿端，这件事我们待会儿再说。反正鹂丫头别想上场。”

“凭什么！我要告诉我爹！你们看不起我一个庶出的小女儿，你们就会欺负我！”霍家庶出的小女儿满脸愤懑，语气很是不平。

出了小帐，月下无端解释道：“鹂丫头虽说是庶出，但因为年纪小，上头几个姐姐早早地出嫁了，她可是霍老将军的心肝宝贝。她老爱说别人欺负她是庶出的，只是撒娇罢了，别信。”

千陶非语气不悦：“别扯开话题，我怎么就不能出战呢？什么叫作‘病还没好全，别急着牺牲你自己’呢？”

月下无端拍拍她的头，说：“雀儿，你的枪法恢复得很好，但是你的临阵经验却很难在你记忆恢复之前找回来。不仅仅是我，朱军师和温副将都不会赞成你刚刚清醒就上战场的。”

“这是关键的一仗……”

“有你督战，这就够了。”

千陶非想来想去就是咽不下这口气。可月下无端态度很坚决，又一心为她的安全考虑，千陶非简直无法拒绝。她低着头，一副默认的样子。心里却想着，霍鹂儿说的没错，自己是横关城里唯一的主将，她要真想做些什么，月下无端管得了她吗？

是的，她依然想要出战——这绝非一腔热血带来的冲动，她思考过，冷静地分析过。他们的援兵就快来了，衡军今晚有非破城不可的理由，战斗会很激烈。而她作为主将，若是不亲自上阵，恐怕更会让自己这方处于劣势。她的临阵经验随着记忆一起丢失了，是的，她承认自己因此有些害怕——但她难道仅仅因为害怕，就拒绝去面对吗？在记忆完全恢复之前，难道她要一直跟在军师后面督战吗？若是她的记忆一直恢复不了呢？涯轻尘之前给她看过病，声称是能慢慢恢复，但涯轻尘现在已经离开了横关城，她的情况有没有变数，谁也不知道。就算她的实力确实大不如前，一身枪法还在，自保也应该不成问题，不至于成为掣肘战友的人。

千陶非坚持要出战，似乎也是为了证明什么。证明什么呢？

她在冷风里想着想着，眼睛专注地盯着远处泛着冷光的太阳。天气阴，太阳成了冷厉的白色，似是在借此弥补自己因光照不足而缺少的作为太阳的威势。

月下无端忽然笑了："你几时变得这般倔强了？你第一次上战场的前一天，腿整日都在发抖，不停地问我怎么办怎么办，甚至还说要把自己的手给弄折，这样就不用去了。第二天站在那里等待开战的时候，你更是抖得几乎要站不住，牙齿也跟着颤，手里的枪差点掉下来。直到真的冲出去了，才恢复正常——可你现在却抢着要去。"

千陶非在月下无端肩膀上拍了一下，下手故意略微重了一点，说："你又不让我去。"

月下无端翻了个白眼，说道："你心里铁定正盘算着开战后怎么翻出督战的角楼加入战斗。我早知道我拦不住你。别把我的话当真——你坚持要做一件事的时候，听过谁的建议？我又什么时候反对过你？你若真想好了，就放手去干！"

千陶非的脸上泛起笑容，问道："所以说……你同意了？"

"你得答应我，到时候不能离我太远。"

千陶非再也收不住笑容扩大的趋势，她跳起来，和月下无端击了个掌，叫道："阿端你太好了！"

月下无端禁不住笑了，露出一排齐整的白牙。

满月尚在东天的时候，衡军就悄无声息地来了，他们森森地排在城外不远处的小丘上，似是小丘长出了细细密密的黑色的牙齿。两军之间的距离在纷飞的羽箭中滞缓地缩短着。迟军这边处于下风口，夜风裹挟淡淡的腥气吹动千陶非枪尖下系着的红缨。她沉默地看着红缨，这柄枪她用了多年，红缨早已被鲜血浆硬，在风中不自然地上下翻动。

似乎所有人都知道枪尖下理应系一条红缨，可很多人不知道的是，系红缨并非为了美观。红缨能吸附鲜血，以免枪杆上血迹横流，脏了持枪人的手。

千陶非看看红缨，又看看城下。满月有意避开纷争，慢慢往他们头顶移去。大概是知道今晚不一举破城就不会再有机会，今晚的衡军展现出了不同往日的实力。哪怕迟军使出浑身解数把攻城者往下赶，还是有人登上了城墙。喊杀声、痛呼声、骂声、兵器碰撞声、战鼓声、呜呜风声、金属尖端扎入皮肉的声音在辽远的夜幕下回荡，角楼里却是另一派与世隔绝的安静。就好像人在极度吵闹的地方捂上了耳朵，所有声音都成了蒙蒙的背景。副将温行正刚刚去了另一座角楼，千陶非所在的角楼有她、月下无端、朱安砚三人。月下无端一直沉默着，他的剑已有部分出鞘，在火光里映着寒光。朱安砚上半身微微前倾，轻声发着令，传令的小卒在他和发号者之间来回奔跑。这轻微的话语声倒神奇地在角楼里进一步助长了那诡异的静谧。

月下无端轻轻地说："一会儿，别离我太远，但也不要太近——我怕于老头盯上你。那个表情很丰富的、盔甲银闪闪的家伙是晁妄，于老头的副将，你可以去对付他。但别主动去招惹他，得引他来招惹你，免得降了你主将的身份——他是个大傻瓜，只会使蛮力……”

朱安砚捂着左臂，侧过身来，背倚着柱子，脸色不太好看，说道：“月下副将，你们可以去了，不然只怕要误了时机。”

“嗯，这就走。”月下无端说。他扫了一眼朱安砚的模样，皱起眉，问：“你中箭了？”

朱安砚点了点头：“没注意，给刮了一道，无碍的。你们快些去吧。”

月下无端一把抽出长剑飞跃而出，手中腾跃起一道青色的火焰。玄系仙术与源系仙术火球焰色的不同彰显出他的身份。见副将出马，迟军响起一阵叫好声。当所有人借着那道青色的火光看见不远处他们的千将军的时候，呼声又出现了新的高潮。月下无端放出火焰，本就是为了宣布他的到来。他的目的达到了，不远处的城楼上，一团橙红色的熊熊火光被抛起，火光下，衡国于酌斟将军露出轻蔑的笑，衡军的呼声紧接着响起。

如果可以，千陶非也想放出左手的溟系仙术来嚣张一下，但这不可能。没人知道她除了孱弱的源系仙术外，还拥有溟系仙术。她轻叹一声，只见两团异色的火光快速靠近，终于在主人真正交手之后归于黑暗。千陶非一眼就看见了那个晁妄，这货穿了一身十分夸张的行头，浑身上下银亮亮的。千陶非靠近他的时候故意发出了一声不屑的轻哼，莽撞的晁妄立刻就挥着大戟要来砍她。其实戟这种兵器因其对使用者力量要求高，且灵活性不足，数百年前就在军中弃用，晁妄给自己搞了一把戟，大概是存了炫耀力量和出风头的心思。千陶非注意到这把戟也是银光闪亮的，柄上甚至还镶了金玉。出身艺术世家的她皱了皱眉，觉得俗不可耐，很想把这些浮夸的装饰给削掉，可惜她惯用的长枪不适合做出“削”的动作。

晁妄的戟虽然很闪亮很嚣张很强横，千陶非的枪却胜在灵活。两人一时分不出胜负。突然，晁妄好像中了暗器，非常夸张地怪叫了一声，千陶非才算是胜了。接下来她一直没遇上什么厉害的人物，战斗比较轻松。看边上月下无端和于酌斟斗得起劲，想起月下无端对阵于酌斟往往要落下风，她便思考着怎么阴于老头一把。冲上去直接帮月下无端似乎不太好，二对一有失风度；扔暗器吧，两人又打得难解难分，她的准头还没好到那个程度，若是打中了月下无端就没意思了；布个阵？城楼上这么点大的地方怎么布阵？再说她因为失忆的缘故，着实不太记得布阵的种种细节。

她注意着于酌斟，时间越久越发现他的招式里算计连着算计，圈套套着圈套。啧，对付这种人真的很讨厌。突然，她灵机一动，蹿到月下无端那边。两人对打的动静太大，周围空了一圈，这正好符合千陶非的想法。她像模像样地往周围掷了几块石头，又这里那里地绕着圈子踩来踩去，好像在布置什么正经的阵法。所有人都知道千陶非会阵法，包括于酌斟。他见千陶非又在“布阵”，紧张得就要退出刚才千陶非瞎比画的“阵法范围”，月下无端立刻顺势打过去。

满月到了西天，衡军攻上城楼的人却还是那么些。他们久攻不下，只得撤去。

按理说千陶非刚刚打胜了一场以少胜多的战斗，应该感到轻松和愉快，可她就是觉得哪里不对劲，心里沉甸甸的，旁人欢庆也好，宴饮也好，仿佛都是一时的假象。火光、血、城墙青砖、笛声、夕阳、悼怀……恍惚间她穿越混浊的记忆重回广安三年，越城一役，她有一种感觉，自己似乎从未杀出过越城，自己在那染血的青石墙里面做了一个很长很长的梦。

可她虽然觉得这次的胜利不太对劲，却仍不能否定这一切的真实性。凉凉的风里凉凉的细雨丝打在脸上，传来轻微的割痛感。阴惨惨的灰天上，太阳的位置被挖出一个清晰完整的白斑。前夜被晁妄的戟伤到了肩膀，已经包扎过，尚作痛得厉害。朱安砚被箭伤到了，起初不在意，后发现竟是毒箭，所幸伤得很浅，此刻他正抱着自己半麻的左臂说月下无端的风凉话。在细雨中站了一段时间，月下无端的头发微微濡湿了，此刻他正坐在泥地上口手并用地给小腿的伤口上草药，缠绷带，被朱安砚说烦了，他突然伸出手在朱安砚的伤口处掐了一把，朱安砚猛地跳开。温行正从一旁经过，正好被朝后跳起的朱安砚撞到，摇着头说他们多大的人了还这般孩子气……这一切怎么是梦境可以伪造得出来的？人在梦里，相信一切是真的，不过是因为人自己没有醒罢了。

往深处想想，千陶非发现，自己一切怀疑的根源不过是觉得胜利来得太容易。再回想一遍战场上的情形，她越想越觉得不安，却终究说不出个所以然。她快步朝月下无端走去，问道："你不觉得怪吗？"

月下无端微低了头，分析道："我们胜得有些轻易了。对方似乎没有发挥出全部实力，他们比以往声势大了些，这却不应该是他们的全力，像是刻意要让我们以为他们尽力了……或者说他们是在敷衍我们也不为过……"

本已打算走开去的温行正也回头道："我也有这种感觉。"温行正话不多，判断却一向很准确。连他都这么说了，那么就一定是这样了。

朱安砚眨眨眼睛，说："我没有直接上场，没这种感受。不过若他们真像你们所说，明明没有尽全力却要做出一副尽全力的样子，倒有些可疑。战场上隐藏实力是常有的事，重点在于他们为什么要这么做。"

月下无端闭了眼，说："他们有什么理由隐藏实力……"

"昨晚那晁妄就够奇怪的了。原本打得好好的，他突然像是中了暗器，发出一声怪叫来，竟就这么跑了。"千陶非说着，便把冰凉的手捂住自己的颈窝。

月下无端把她的手轻轻拿开，塞给她一壶热酒捧着。"明明是八月份，天气竟也有这般凉的时候。"他说。

朱安砚瞟了一眼千陶非手里的那壶热酒，说道："咳，这边就是飓风麻烦。改日战事完了，带你们去我家乡看看。知道吗？我家在环州平城，比不得临春城与祁都，却也算风调雨顺四季安康……”

月下无端没接朱安砚的话，说道：“晁安这般表现，确实很可疑。就连于酌斟都有些怪。”他又闭了眼，打了个哈欠，引得千陶非、朱安砚和温行正跟着打哈欠。

他们打了大半夜的仗，接着又处理伤口，清点死伤，快天亮了本想着小睡一会儿，谁料想一个一个竟都睡不着，这会儿困劲才又上来。

朱安砚揉着自己的左胳膊走了，他一年到头都在督战，受伤的机会很少，一路上但凡碰上关系亲厚些的，不免要哼唧两声，为自己博点同情。

温行正也闭了闭眼，就此告辞。

月下无端对千陶非说：“先别想太多，他们若要玩花招，我们迟早会知道。兵来将挡，水来土掩就是。”

千陶非回以微笑，把酒壶递回去：“喏，酒还给你。”

月下无端一手接过酒，一手碰碰千陶非的手，蹙眉道：“怎么仍这样冷？鹂丫头那边的火塘想必还没熄，去烤烤吧。”

听到月下无端说她手冷，千陶非便伸手去冰他的脸。月下无端捉住她的手，两人正好在半空中十指相扣。他们互瞪了一会儿，各自将自己的手抽回。

越城·突变

一种带着隐忧的气氛随着气温的升高逐渐扩散，六月时那种总觉得很快能大获全胜的不切实际的自信因之受到压制，另一种躁动占据了主导。

现在是八月末，迟国八军守越城已有两个月。

越城外是层层的衡军，他们很少挑战，似乎一心想把他们耗死在里头。本应在此会合的东西两路军的进程都不顺畅，沈恕的心境也不似以往那么平静。

两个月，整整两个月。

没有战斗，没有宴饮，没有尽头。

日子清闲却很难熬。韩将军举行了几次大大小小的比武，也都未取得预期的调动士气的效果。千陶非竟还在观赛的时候枕着自己的手腕睡了过去。当比赛结束沈恕叫醒她的时候，她的额上已有半只神鸟的印子。神鸟是迟国的国徽，千陶非的护腕上就有神鸟的刻纹。

“我最近总失眠。”她解释，脸上带着苍白的微笑。

“你又不是凭虚子！”桓倾为用手扇着风从一旁走过，嗤道。

失眠是凭虚子的老毛病了，然而最近一段时间，他受到的影响似乎比其他人轻微些。凭虚子是文职人员，等待是他常常要经历的。

而另一些人，比如沈恕，面对怀着隐忧的漫长的等待，渐渐地都有些茫然。他醒来后不知道今天要做些什么，练武练久了也就没了心情。越城虽本繁华，然而在他们攻入前居民便迁走了大半，整座城都没有人气。沈恕本就不是喜欢聊天的人，就算原本喜欢，聊多了也无甚好讲……

桓倾为倒是日复一日不厌其烦地抱怨着什么“壮志难酬”，叨叨几首不怎么样的诗词，数次发表观点说他们应该主动出击，把城外衡军的将领杀了领功问赏。徐奉还会很天真地附和桓倾为，两人一起愉快地展望“杀了敌方主帅之后”升官加俸禄，当上将军，出任主帅，端了衡国，迎娶公主(还是皇上最宠爱的含珠公主)，走上人生巅峰的美好未来。

平心而论，徐奉是个可爱的家伙。他是军民友好相处的典范，尤其深受老太太们的青睐，在军中还有“百姓之友”的荣誉称号，但他的天真导致他常常被桓倾为牵着鼻子走。这段时间里，徐奉的精神总是异常亢奋，原因就是他全盘接受了桓倾为给他指点的宏图大略。因此，徐奉总跑来问沈恕什么时候开战啊什么时候开战。

可是韩将军的命令却是继续等待。只要东西两路军在越城附近会合了，他们就可以轻松出城，并保证出城后越城不会被占据。在此之前，八军完全可以避免一切不必要的战斗和伤亡。因此，沈恕从来没有给出让徐奉满意的答复。

再说了，就算真的开战，桓倾为和徐奉也不可能如他们想象的那样手刃衡国将领。越城外守着的家伙，可是那个少年英才临天纵横。

知道堵在外面的家伙是谁后，大概是削发之仇未报的缘故，一直没精打采的千陶非就生龙活虎地跳起来历数了对方的罪行，语气里满满都是自得的轻蔑。不过她的说法丝毫不损她确实打不过对方的事实，千陶非就临天纵横的邪恶大肆渲染一番后，情绪又重新低落下来。不久后，便听说她开始失眠。

至于新来的军师朱安砚，虽孤僻倒也被别人一遍一遍地在聊天中提及。多数不是好话，比如评价他也不知道是什么出身就敢自以为是，当了个军师好像很了不起的样子；更有人猜测他家其实是暴发户、地主、私盐贩子之流，花钱买了个官什么的。沈恕对这类幼稚的八卦也不置可否，只是暗叹不合群果真有诸多害处，同时又不自觉地暗暗羡慕朱安砚的特立独行。

若他们身在祁都颍州一带，八月是该有飓风天的。可越城的位置偏西北，这个季节里暑热难耐。一个烈火流金的午后，沈恕蔫蔫地伏在几案上发呆，热得如置身灶边，皮肤上尽是细细密密的汗珠。他叹了一口气，忍不住掌心聚水往自己脸上拍去，期望多少能借此降点温。

双耳倏然接收到一阵久违的频率……画角！这是画角声！沈恕蓦然抬头，水沿着他的面部轮廓淌下去湿了衣襟。但他已经顾不得这些，帐外的人群骚动声、阵营不明的擂鼓声和号令声催沈恕迅速披挂上甲胄。未等他拿上自己常用的枪和弓箭，就有传令兵在他帐外大喊衡军打过来了。沈恕一把掀开帐子，在热得几乎凝成流体的空气中奔向兵戈相接的城墙。

两个月无战事，又正逢所有人都无精打采的炽热午后，八军如一台老化的机器，迟缓地运行着。好在对方虽是有备而来，却也受天气影响，战斗力大不如以前。但即便如此，情况仍不容乐观。沈恕迅速回忆起此前商议过的守城方案，一边顾着听号令，一边顾着指挥，还不忘时不时搭上几支冷箭。临天纵横这次来势汹汹，怕也是觉得放任他们守下去夜长梦多，不如速战速决。这个少年将军正安然在树荫下骑马远观，其气定神闲之态看了就让人恼火。沈恕搭了三支箭朝他射过去，被对方一柄剑轻轻松松挥开。有钱人家的少爷都喜欢佩剑吗？一柄好剑不便宜，且也不比枪戟之流来得实用多少，可城下这位和八军中好几位公子都用剑。月下一手好剑法也就算了，桓倾为、范演那几个却纯粹是为了装酷。

随着时间的推移，沈恕感觉身上的甲胄被太阳烤得越发烫了。他又施了仙术，以水降温，水溅到金属上发出轻微的吱吱声。不过能利用仙术来改变情况的人终究是少数，毕竟他们中的很多人都不会仙术。

虽然仙术的天赋人人都有，却不是所有人都出得起钱去系统地学习仙术。仙术和识字一样，都不算普遍。

太阳的强光叫人晕眩。

沈恕这边的攻势松了些，他便留意着周围人的情况。月下无端和千陶非在同一个方向，精神似乎都很不错，还时不时互相喊话，大有竞争着的热络气氛。月下无端的剑在阳光下舞得只见银光和血光，千陶非的枪也耍得很不错，已得沈恕的真传。角楼上是韩将军和朱安砚，朱安砚仍是淡漠的神情，韩将军眉眼微弯，似有笑意。沈恕知道韩将军不是真的在为什么事而开心，韩将军如此作态，是为了鼓舞大家，是为了传递一条信息：别慌，这只是一场普通的战斗，我作为主将，甚至没有出战的必要。

可沈恕总觉得有什么事情就要发生了。看向韩将军的那一刻，他的心陡然狂跳起来。韩将军注意到他的目光，久经沙场的脸上，皱纹排列出令人信服的微笑。沈恕勉强定了定心神，瞟向别处。

凭虚子跑上跑下不知道在忙活什么，严观和温行正蹲在一边放冷箭，严观严肃，温行正沉默，此刻蹲在一起一本正经地放箭竟显得有些滑稽。桓倾为好像特别兴奋，不停地跟徐奉说着什么，指手画脚的。好在身边亲兵一大群，桓倾为被围在中间，倒也不至于受伤。徐奉背对着沈恕，沈恕只注意到他在不住地点头。范演也凑在他们那边，两颊通红，紧张又激动。沈恕有一种非常非常不好的预感，桓倾为不会真的想杀了敌方主帅，升官加俸禄，迎娶公主，走上人生巅峰吧……

虽然淡然站在城下的临天纵横不是主帅，但好歹也是个知名度很高的将领。沈恕有理由相信桓倾为在打他的主意。

这么一晃神，沈恕的身侧就被一道冷光擦过，好在甲胄护身，并无大碍。沈恕意识到自己不能继续分心，注意力便又集中到自己眼前来。

敌军在越城墙上架起的云梯越来越多，越来越多的敌人登楼，衡军缓慢地朝迟军压制过来。沈恕也没有再往角楼上看，但他知道韩将军此刻的神色必然凝重了许多。

这时，沈恕突然听到左侧传来一阵厉害的兵戈相接声，他面色大变。普通的战斗中，大家都只会分散着打，并不会有突出的声音。此种声音出现，说明有一批人正朝同一个方向猛攻。临天纵横是要硬杀出一个豁口来闯入越城吗？他迅速回头，不见想象中衡军硬闯的局面，却见一队迟军的人马形成一个尖锐的楔形朝城外的方向猛挤。战略中没有这样一步！沈恕惊愕。双方的人马似乎也都很吃惊，不知道发生了什么。流动着的战场突然就滞缓了。沈恕再一看，可不就是桓倾为、徐奉、范演三人！他们当真想去杀临天纵横！又扫一眼仍立在树下的临天纵横，少年将军一向喜怒不形于色，此刻看着桓倾为三人的方向，竟流露出笑意。

他笑得那么开怀，沈恕却偏偏觉察到一股寒意。

“你们三个！回来！快回来！”沈恕听到韩将军的声音。声音很大，带着毛刺，完全不同于他平日的和蔼语气。而三人显然就此事筹划已久，哪里会轻易放弃？

可他们不能出城！沈恕的唇抿得死紧。就凭这三个家伙外加那群亲兵，哪里对付得了临天纵横？就算对付得了这一个人，又怎么对付得了城下的伏兵？若是不幸给衡军抓了，那可就真的坐实了千陶非此前所言“不仅八军会陷入危险，迟国的其他兵力也会被这几个昂贵的俘虏所牵制”。桓倾为是桓老侯爷的宝贝嫡亲小孙子，范演是明阳公主的儿子，徐奉又有个做太守的爹。徐奉他爹倒还好，桓老侯爷和明阳公主可都是权大脾气大的人，皇上不可能不想尽一切办法去救他们的小辈——这不就遂了衡国的意。

沈恕毫不犹豫地朝三人的方向冲了过去，想要制止他们。可城墙上本就狭窄，这么一闹已经乱成了一片，沈恕刚想用仙术，就在人潮强大的推力下不知怎的脚下一绊，左脚竟就这么崴了。

这样下去都快发生踩踏事件了，崴了脚的沈恕虽不希望三人出城，但更不希望自己被踩死，急忙扶着城墙朝后退。这时两道金光忽绕过沈恕的肋下将他提起，他大惊，以为自己遭到了偷袭，几秒钟后才反应过来是韩将军所为。韩将军看见沈恕崴了脚，用仙术把沈恕提到了角楼上，自己踏上墙沿想如法炮制把那三人给提回来，不料三人此时已经一跃跳下了城墙，在各自的仙术的帮助下平稳落地，然后……很兴奋地朝临天纵横冲过去。

“这可糟了。”角楼上，朱安砚摇摇头。

被提到角楼上的沈恕闭了闭眼，脚踝处又传来一阵钻心刺骨的疼痛，沈恕咬着牙扶墙站起，摘下背后的弓，一手捻着随身的几支羽箭，犹疑了一下，松开一支，两支羽箭一齐搭上，朝临天纵横的方向射去。既然那三人已经出城，那么护住他们就成了第一要事。

“你可真拼。”朱安砚扫他一眼，又摇摇头，见沈恕身上的羽箭不多了，还给他拿了些。沈恕没接话，一发一发地搭着箭。虽都被对方挡开，却也至少分散了对方的注意力。正在沈恕又要射出两支羽箭的时候，一阵双脚落地的撞击声忽然在他的背后响起，撞击声的余波在沈恕发箭的一刻平息，从熟悉的粗糙且带着热量的喘息声判断，韩老将军又回到了角楼。

只是他回来做什么？沈恕心中有疑问。这个疑问在战鼓声响起的时候得到了解答——韩将军是亲自来擂战鼓的。只是这节奏，沈恕却从未听到过。

沈恕也算是八军的高层，平时用的战场信号都很熟悉，只是他从未听过这样的节奏，或许这正是韩将军亲自擂鼓的原因？这是一个秘密的信号？代表着什么？

他的心思纷乱，再想起来关注城下的情况时，只见三人已冲出很远，且处于包围圈中。他们的亲兵们仍将他们保护在中间，只是这个保护圈受包围圈的压迫太强烈，正随着人数的缩减而渐渐缩小。中间的三人似乎束手无策了，桓倾为和范演手心各托着一个火球，大概觉得这样比较有安全感，徐奉双手拿着武器傻站着。看样子，被俘虏是难免了。沈恕想到这里，心又一沉，不禁想起数年前刚开战时，谦王殿下仍在衡国做人质的日子。那时的沈恕还只是一个小角色，光凭自己片面的参战感受和报纸上的只言片语都觉察到了迟国的处处受制。

一只手搭上了沈恕的左肩，隔着盔甲，传递来些许重量。沈恕疑惑地回头，对上韩将军一双混浊的眼睛。这双眼睛经过岁月的风化，很久以前应存在过的一层清亮的黑漆已经剥落。剩下的瞳仁是朽木断裂处的棕黄，像是积了尘。在沈恕的印象中，这双眼睛带着古玉般温润的色泽，此时却有了铁器的质地。这是后来沈恕在余生里总想起的驳杂而又统一的颜色。

“沈恕，若是真到了那个时候，你要负起责任。”韩将军凝重地说。

未等沈恕做出任何回复，韩将军就从城墙上一跃而下。

视线越过建筑的阻挡，首先映入眼帘的便是一面猩红的军旗，黑色的线条勾勒神鸟的图案，参差不齐的边缘在夏日的热流与熔光中吞吐着火焰。那面军旗被一位副将披挂在背上，正迎上角楼上的视线。顺着火焰的边缘看去，是半开的城门，另一位副将正策马从城门中通过。韩将军刚刚跨上自己的战马，紧张局促地对其他几人交代了些什么，几人便几乎并辔冲了出去。

他们并行的一瞬间，沈恕数出了他们的人数：五个人。所有的四位副将和一位将军。沈恕跟韩将军关系非常亲近，与其他几位副将却关系平平，因此甚少留意他们。可此刻他们绝尘的背影，却不知怎的在沈恕心头烫下了一个烙印。一阵复杂的情绪上涌，电流般从尾骨贯穿直上天灵盖。毫无疑问，他们五人的目标是前方被围困的桓、范、徐三人。但在两点之间短短的连线上，是枪尖推搡、刀光纷乱、杀意横流、猩红四溅，是幼稚的冲动对成熟的计策，是无力的挣扎对快意的推进，是微乎其微的赢的概率面对伏虎般危险的血本无归的可能。

太阳已然偏西，带着微微的血色。沈恕的眼睛盯着韩将军的背影，在强光的刺激下很快开始流泪。

临春城·伏笔

于是她试着，去感受“风”

……

明月的沉静浮露，细小的潮汐

如何让无章成为有序

……

千陶非布置出了第一个阵法。

严格说来，这还不算是一个真正的阵法，只能称之为一个小型的回流。

空气中遍布着“流”，它们是杂乱无章的力量，正因乱，人感觉不到它们的存在。而阵法，就是通过外力改变乱流的运动轨迹，使之交替往复，形成回流。回流持续运动，形成“场”。不同的场，便能有不同形式的力量。

千陶非小心翼翼地跨进这个用石块组成的小回流，好像能听到流淌着的天地灵气发出的雀跃鸣叫。她得意地一甩袖子，看向涯轻尘、秦陌璃两人。两人愣了一下，顿时反应过来，正了正神色，开始鼓掌。

千陶非一瞥，说道："怎么感觉那么敷衍呢？"

两人的掌声更响了，神色也更为正经。秦陌璃说："雀儿好厉害，这么高级的学问都被你学会了！"涯轻尘说："表妹，为兄自愧不如啊！"

千陶非嘿嘿一笑："那当然！"

这一年，千陶非十岁。

在过去的一年里，好几个月的工夫，她都时不时溜上白先生的书阁去翻那几本有关阵法的书。这一番行动不单纯出于她对阵法的兴趣，更因为偷读白先生的藏书给她带来了冒险的快感。她一直以为自己做得天衣无缝，直到一个月前，白先生下课后忽然叫住她，把那几本有关阵法的书赠予了她。

那一刻，千陶非意识到，白先生恐怕早已知道了她的行径。抱着那几本书，她在尴尬、愧疚中存了感激。她开始了漫长的理论自学，终于有一天，决定付诸实践。

实践的过程一开始便停不下来。有了足够的理论积淀，她按照几本书上的阵法一个个排布。几本书上的理论描述并不完全相同，甚至有所冲突，她凭着直觉前行。

一年的时间被压缩得很短，千陶非又过了奉平三年的生日。而即将到来的奉平四年，将会成为她生命中一个重要的转折点。那无处不在的，来自过去与未来的神念都在无意中引起了警觉。

那成为一切回忆载体的灵魂不再是一个单纯的旁观者，她也开始在沉睡中清醒，跟踪因果和伏笔。

但她尚不知道原因。

奉平四年的春天发生了几件事。

三月，名冠三国的包神尊公开收徒。千陶非清楚地记得，当涯轻尘知道自己有资格去参加选拔的时候，激动得连手里的扇子都给折了。

这不正是涯轻尘一直叨叨的“未来”吗？他说他长大以后要么成为一个潇洒的说客，要么就成为像包神尊一样厉害的药师。

秦陌璃同样符合报名资格，她和涯轻尘早在几年前就展现出了在源系仙术上超群的天赋。而千陶非却去不了，她源系仙术的天赋太差。虽说她早已认清并接受这个事实，对包神尊收徒一事也并不感兴趣，但当涯、秦二府的马车绝尘北去，人生最初的酸涩与落寞还是落在了她的心头。

包神尊无疑是一位风云人物。他没有国籍，却凭借一手精湛的医术和毒术在三国之间稳稳站定了脚跟，自成一股小而强劲的势力。其唯一的弟子兼养女寒方缀珠更是被三国势力看作拉拢包神尊的跳板，几年来上门提亲的王子皇孙踏破门槛。一年前，年方十六的寒方缀珠与迟国谦王殿下正式订婚，提亲大军才基本消停。被全天下关注婚姻大事的寒方缀珠和谦王殿下确定关系一事，在迟国报刊舆论界掀起了一阵轩然大波，以至于一向不太关注新闻的千陶非都知道这些事的大概情况。

可无论是举足轻重的包神尊，还是备受追捧的寒方缀珠，或是风流倜傥的谦王殿下，都和千陶非没什么关系。她希望朋友早日归来，希望他们能遇上什么机缘，希望自己可以把仙术学得好一点，希望长大以后功成名就。当她有了足够的权势和地位，她说不定就不用继续遮掩自己的溟系仙术——只要等到那个时候，等别人轻易动不了她。

可一切都还没有发生。

不过，千陶非遇到了一个改变她命运的人。

那是三月下旬的事了，两位好友尚未回返，千陶非独自一人在珊阑山溜达。她想去珊阑宫，却走了好久也没走到头。珊阑山是一座小山，珊阑宫坐落于半山腰，从山脚开始步行，只要一盏茶的工夫就能到。可那天的阳光像是带了使人晕眩的力量，光影迷离树影婆娑间，千陶非盯着那耸出树丛的残缺的塔尖，怎么也拉不近她与珊阑宫之间的距离。

于是她突然停了下来，微眯起眼，正如她很多年后习惯做的那样。

鸟鸣在熔金般的阳光中载沉载浮，微风从她的脸上无声地淌过。一种细微的势流在身侧缓缓穿行，千陶非知道她遇到什么了。

这是一个阵法。

紧张和隐隐的兴奋升腾而起，千陶非忽然笑了。她在周围绕了几个圈子，用树枝在沙土上排列出了大致的阵符。这是她第一次全凭自己的力量试图拆解阵符，好在阵符不算复杂，一番弯绕后，竟被她拆了出来。她换了一根略粗的树枝，在阵符上连接了一些线条，计算出阵眼，起身推翻阵局。

势流消失。千陶非没走几步，就来到了珊阑宫前。一个白衣人斜倚在珊阑宫边的山石上，背对着她。

那时候的千陶非心里少有防备。她猜测此人应该便是布阵者，却自始至终没有怀疑来者不善。幸运的是，她的直觉是正确的。

“你破了我的阵法？”一个儒雅而慵懒的声音响起，微露贵气。据声音判断，此人年龄在二十岁左右。

会阵法，穿白衣，以背示人……这不是传说中的高人吗？千陶非暗自想。根据她以前广泛阅读的话本图册戏折子来看，后辈但凡撞见高人，对方通常会收他为徒，带他走上人生巅峰。想到这里，她雀跃起来，高高兴兴地回了一声“是”。

“高人”微微侧身，打量着她：“你多大了？怎么学会阵法的？”

他的语气很柔和，没有质问的意思。千陶非想，如此气度，必定是真的高人了。她啪地一抱拳，答道：“晚辈千陶非，今年十一岁。阵法乃自学。”

“自学到这个程度，倒是不易。只是，破阵的那一招，未免太不到家了。”那人终于转过身来，面向千陶非，嘴角一扬，泛起没来由的开心与爽朗，又掠过数不清的惆怅与沧桑，最终定格成一个确定无疑的上弧，“教你几手，可好?”

千陶非就是这样稀里糊涂地跟着白衣人学起了阵法。两月余后，白衣人离开，千陶非拿着白衣人给她的一本阵法秘籍，稀里糊涂地跟着练习下去。

涯轻尘拜师成功而归，大概也就是那个时候的事。涯家大摆筵席，人们在跳动的烛光、虚虚实实的奉承、堆叠的笑肌里觥筹交错。涯轻尘要的“未来”好像就在这一个浮靡的晚上一举实现了。他成了包神尊的小弟子，他的梦想实现了，他少年成名。

而秦府上下则在庆幸他们早在数月前就与涯府签订了婚约。涯轻尘被收徒后身价暴涨，若不是婚约已经定下，按照秦府一贯以己度人的思维方式，必会担忧涯家瞧不上秦家。不过数年之后秦府才意识到，此桩姻缘并未给他们带来想象中那么大的好处。那时候秦陌璃的名声已经不比涯轻尘小，就算两人的婚姻关系不存在，秦府也可以倚仗秦陌璃。

婚约定下的时候，两名小当事人还处在不解风情的年纪，因此此事并未对他们造成很大影响。

涯轻尘在临春城显摆了几日之后，就被包神尊抓去出门历练。第二年他短暂归家的时候，千陶非注意到他提起包神尊时的脸色和往日提起白先生时的脸色已没有什么不同——崇拜和敬畏的光芒彻底褪去，多了无奈、随意和偶有的调笑。包神尊弟子的生活并不像想象的那么光辉灿烂，涯轻尘的舌头曾因为试药而麻木，肩不能扛手不能提的少爷习性被无数个进山识药的清晨彻底颠覆，双眼因日夜苦练熬药差点被熏瞎。包神尊的性格还算风趣平和，可看见涯轻尘吃苦头却是毫不心软。涯轻尘曾经向师姐寒方缀珠抱怨过，对方却淡定地告诉他自己七岁的时候就已经做惯了这些事。

而秦陌璃还尝试着在深宅大院中抗争。她擅长甚至喜欢应对钩心斗角，但早已厌倦了秦府的方寸之地。她也想像涯轻尘那样走出去，她想用自己的谋略去冒险，去游历，而不是在后宅混饭吃。

千陶非完全理解她的感受。人一大起来，见识一广，就会出现按捺不住的离开家乡的冲动。随着她一步步深入阵法的世界，她越发强烈地感受到了周边环境条件的匮乏。临春城没有最适合布阵用的阵石，没有白衣人留下的秘籍中常常提到的适合设伏的狭长山谷，没有其他钻研阵法的人，甚至没有足够多的可以帮她一起布阵的朋友——阵法学到了一定阶段的时候，是经常需要人来做阵子的。临春城很富庶很重要却也很小，千陶非觉得被束缚了。

临春城毗邻国都祁城，商旅络绎，树稼丰茂，可无论这里多么丰腴富足，都终究比不了一整个天下。

天下啊……

五月，礼部侍郎千信一谪迁戬州——这是第三件事。

千陶非的这个大伯某些方面实在不太靠谱。是的，他是文坛盟主舒尊的门人，他出口成章，眼光长远，但他实在太过不拘小节，太过率性天真，这导致他常常在不经意间得罪别人。弹劾千侍郎的奏折长年不断，千侍郎本人自进入官场以来的大部分时间不是在谪迁之地待着就是在前往谪迁之地的路上。仁帝也算是一个比较温柔的君王，他知道千信一的情况，心里对他无甚意见，但很多时候出于平衡朝堂势力等原因，还是不得不贬谪他。可这次的情况不太一样。

具体的内情千陶非不知道，但戳州确乎是比大伯以前被贬过的地方更远，他带着次子千子名来道别的时候，神情也确乎比以往更凝重。

大伯走了，二哥却留了下来。

大哥千子让在去年冬天正式迈入仕途，成了西部小城的地方官，二哥千子名才十六岁，他要赴考，要为自己的前程做准备，他的一切都刚刚起步，决不能耽搁在戳州这种穷山恶水的鬼地方。看来千信一也不确定这回自己什么时候才能重返祁城，这才把千子名留在临春城。

千陶非一直都跟二哥很亲，知道他要在自己家长住，格外兴奋。千堂昭则淡定得多，不再似儿时那般去趟湫陵都大呼小叫。千堂昭的性格慢慢往“出世”偏移了。不同于姐姐的活泛，八岁的千堂昭身上透出了一种难言的孤僻。他好像跟所有人都相处得不错，却没有真正要好的朋友，他喜欢独来独往，喜欢旁观，喜欢置身事外。尽管他并不沉默寡言，有时候甚至称得上是烦人，他的孤僻却还是从血脉深处折射出稳定的冷光。不说话的时候，他喜欢站在边上盯人看，那眼神定定的，很是邪门。他继承了父亲的天赋，擅长一丝不苟地给坯子涂一层薄薄的化妆土，用彩釉描画出精致的纹理——这是千陶非无论如何也做不来的。

二哥通常很忙，每天有看不完的书、做不完的文章。偶尔闲暇的时候，千子名教千陶非骑马。他们在河边的青草地上骑马，二哥牵着她的衣袖，她牵着缰绳。他还教她吹笛子，二哥很会吹笛子，他把竹笛吹出通明玉一般的质感，笛声在月光下盘旋上升，带着仿佛来自创世初始的纯粹和来自世界尽头的情怀。千陶非的竹笛却始终是竹笛。两年后千子名离开，自那时起又过了好几年，千陶非才再次从另一支真正的玉笛中重新听到当年那样的笛声。

奉平四年就是这样落幕的。

横关城·发现

千陶非睡了三个时辰不到，起床的时候已是中午。她打着哈欠出帐想寻点东西吃，路上便看见月下无端走在她前面，背微弓，有些疲惫的样子。她快步追过去，往他肩上一拍，意图要吓他一吓。然而月下无端却并未像她料想的那样惊得一怔，他偏头微微笑了笑，面色有些苍白。“看来你休息得不错。”他轻轻碰了碰她的手，“嗯，手不冷了。”

这一触碰间，千陶非却在对方手上觉察到了异常的热量。她双手捉住他的手，只觉得一阵一阵的烫传过来。她立刻用手背去试月下无端的额头，额头也是那么烫。“你病了。”

月下无端虚弱地笑笑：“是啊，病了。”

“那你回去休息啊！”

“没必要的，挺挺便过去了。”

“援兵可能今天就会来，我们接下来几天都要在路上奔波，衡军还不知道有什么诡计，你不赶紧养好你的身体，难道要我背着你上马吗？”

她的语气冷漠而坚硬，月下无端却也听出了其中的关心。他宽慰地笑笑："只是我若不在你身边，你确定……不会被别人发现你失忆的事吗？"

原来他是为了这个！想到这一层，千陶非却因此更过意不去了，她强硬地说："你以为自己就那么重要，你不在我就寸步难行？你不在我还有朱安砚呢！"接着又说："本将命令你先回去躺着，我去给你弄吃的和药。"千陶非把他往营帐的方向推。

月下无端也没有坚持，只是叹道："被自己的未婚妻照顾，总觉得有点不好意思啊。"

"保护属下可是本将的职责。"

听她这么一说，月下无端干脆揽住了她的肩膀，说："那就扶我回去吧，将军。"

千陶非瞪了他一眼，但看见他苍白的面色，终究还是不忍心把他推开。

月下无端一病倒，千陶非就有了一种特别茫然的感觉。

没有月下无端在她身边时刻提醒，她根本连路都找不到啊！想到刚才自己还说"你不在我就寸步难行？"，好吧，她承认，现在她确实寸步难行。

千陶非努力让自己镇定下来，当务之急，是把朱安砚或者温行正找出来充当自己的提示卡，可问题是，他们在哪儿？

所幸，还没等她去找，朱安砚就自动出现了。千陶非感动地看了朱安砚一眼："小朱朱，你来得太是时候了！"

朱安砚还揉着自己受伤的胳膊，对"小朱朱"这个称呼表示了一百二十分的不满，清清嗓子道："端哥就知道你寸步难行，差人让我来找你的。"

"……好吧，那还是……谢谢了。"

他们又将昨夜一战的死伤、军功等都查看了一遍，确认没什么问题。温行正把其他的杂事也都做完了。霍鹂儿已经可以撑着枪杆在军营里挪着走了，但很快被严观和桓倾为正下着的一盘棋给吸引过去，难得没有来缠千陶非。

"朱安砚，援兵今天会到吗？"千陶非随口问了一句。

"傍晚就该到了吧。我们今晚离开应该不成问题，但不会走得太轻松。"

千陶非环顾四周，说道："难怪大家都在收拾东西……不知道阿端怎么样了……"

"闲着也是闲着，你去看看他好了。"

"你不去？"

朱安砚似笑非笑地瞥她一眼，高频率地摇头。

千陶非不明白他的意思，耸耸肩，说："你不去就不去，好好再看看你的左胳膊，别挨了一箭都没事，却生生给你自己揉坏了。"

闻此言，朱安砚不觉放下了揉胳膊的右手。

千陶非去找月下无端的时候，他正盘腿坐在几前练字，素衣，身形笔挺。毕竟是二十一岁的年纪，不过半天时间，病已经好了个七七八八。

千陶非在他对面坐下，说道："援兵傍晚就到，今天我们应该可以离开横关城了。"她伸头去看月下无端的字，最端正不过的一手正楷，她好奇地说："我以为你这样的人应该爱写草书。"

月下无端没有停笔，也没有抬头，说："我总觉得……衡军不会让我们这么轻易离开。"

千陶非一边托着腮看他写字，一边说："朱安砚也这么说。可就算衡军下好了套等着，我们也只能先将计就计了——哎，让我也写几个字玩玩。"

月下无端把笔递给她，说道："正写的是外边东坡尊的《后赤壁赋》，你续下去便是。"

千陶非把纸掉转过来对着自己，照月下无端之前写的念道："……于是携酒与鱼，复游于赤壁之下……"她抬头看向月下无端："我只读过《前赤壁赋》，并没有读过《后赤壁赋》，你告诉我下两句是什么？"

月下无端捋着不存在的胡子，朗声道："江流有声，断岸千尺；山高月小，水落石出。"

千陶非边写边道："世人皆谓'赤壁'两赋，前者更妙，你却独独闲在这里抄《后赤壁赋》。"

月下无端一笑："世人爱《前赤壁赋》，多数是因为其中嗟叹世事无常的那意思合了一众思虑之人的心，《后赤壁赋》

中的哲学味道要淡上许多，却胜在意境美。我无非是没心没肺，不愿多琢磨人生问题，只知道要意境美罢了。”说到这里，千陶非已经写完了刚才他念的那两句，还觉得不过瘾，又向他要下两句。月下无端便继续念：“曾日月之几何，而江山不可复识矣！”

说完，他凑过来看千陶非的字。千陶非写得一手漂亮的行楷。月下无端点点头，赞道：“和你从前的笔迹一模一样的。‘水落石出’这几个字写得格外好看。”

千陶非气定神闲地点点头：“那是自然。”

“话说回来，横关城的西北方不远处是不是有条河来着……”

“我怎么知道啊，端哥！”她的记忆远远没有恢复到横关城这一段，这不是为难她吗？

月下无端一手撑着自己的额头，没有作声，似在认真思考什么。

傍晚时分，一切都已就绪，援兵却迟迟未至。千陶非心里又涌出了不太好的预感。夜幕四合之时，探子忽然传来一报：霍将军麾下袁副将率领的迟军援兵在距城四里的一处山谷中与于酌斟一军对上，于酌斟果然隐藏了实力，袁副将一军溃退败走。

一直萦绕不去的不祥预感应验，自认为脾气随和的千陶非竟在听到消息后立刻拍案了，质问道：“他们在城外四里地开战，眼看着一仗都散了，你们才传来他们落败的消息，早干吗去了？”她已经竭力压抑住语气中的怒意，出口的话却仍带了几分鲜血里浸出来的杀气，显得格外冷厉。

传话的凭虚子惊得一愣，有些犹疑地说：“城外地形比较复杂……况且……袁副将他们似乎有意不让我们知道他们对上了于酌斟……”

千陶非一顿，挥退了凭虚子，一手撑着自己的额头，默默思考着。

袁副将为何要瞒下消息？

于酌斟又为何隐藏实力？

这种无可奈何又无能为力的感觉，真不爽啊……

明明知道对方设下了陷阱，却因无从得知他们具体的计划而只能无所作为，在怀疑中一步一步地按对方所计划的那样走过去，恍若置身黑暗。

千陶非就这件事同军师、两位副将商议了整晚，却始终没有得出合理的解释，无能为力的疲惫感袭上心头。夜深，另三人告辞离去的时候，她还单手撑着额头，在心中滋生了一整夜却始终不愿提起的猜测不自觉地浮上心头。

“我们不会被放弃了吧……”她喃喃道。

最后起身离去的月下无端停了脚步，回头道：“不会的。”

千陶非无力地趴在了桌子上，分析道：“不会？怎么不会？于酌斟如此执着地守在这里要把我们逼死，我知道两边的主战场其实都是吃紧的。这种情况下，放弃我们这支是最好的解决方案了。”

月下无端慢慢地踱回来，不紧不慢地说：“你出了意外，很多事都不记得了，我给你讲一遍。”他踱到了千陶非跟前，千陶非没有抬头，月下无端抿抿嘴，朝边上继续踱过去。“凭虚子是明慎公主的小叔子；范演是明阳公主的儿子；徐奉的爹是沂州太守；鹂丫头不用说，霍家的掌上明珠；桓倾为是桓老侯爷嫡亲的小孙子；严观与太子殿下算是至交好友；温副将倒是跟皇室没什么关系，但他们家出了四位四品官……”他掰着手指一个一个数过来，千陶非从埋头变成抬头，从趴着变成正襟危坐，从坐着变成站着。月下无端足足数了十几个有显赫家世背景的，然后一笑：“你呢，你爹和皇上有交情；我呢，是当朝太子妃的亲弟弟。”

千陶非目瞪口呆。

“所以说，我不相信他们敢放弃我们这一军。”月下无端总结。

千陶非结巴着开口：“这这这些大佬都在我麾下？”

月下无端利落地一点头：“是啊。”看她一脸震惊，他耸耸肩又说：“连本少爷都被你得手了，你指挥几个名门贵族子弟又有什么稀奇的？”

“连本少爷都被你得手了”是什么意思？千陶非思忖了一会儿，小心翼翼地试探：“难道当年……是我追求你的？”

“我开个玩笑，你别想多了。我们是皇上赐的婚。”

“……为什么我们这一小支军队里竟有这么多名门之后？”

“我也不明白……一开始还不多，越聚越多后，我们就成了官宦子弟军，但凡有些背景的都到我们这儿来了。刚才我列举的人中，还没包括那种身世不太显耀的。”

千陶非好像突然想起了什么，重新坐下，单手撑着额头。不久，她猛拍了一下桌子，叫道：“我知道了！”没想到她这一拍没完全拍上桌子，无名指落在了砚台的装饰边上，砚台本有些破损了，尖利的边缘竟生生扎进了手指。嫣红的鲜血立刻涌了出来。千陶非倒是没喊疼，只是见了血有些心慌。转念一想，这些年来她在战场上什么伤没受过，这点小伤还能死人不成，就不打算管它了，把手甩在一边。

月下无端开玩笑道：“怎么这样都能出血？要不要我给你包扎？”

千陶非不屑地扭头：“这点小伤，还要包扎？”

“你当年练剑的时候划到手，看着血涌出来就吓愣了，不停地掉眼泪。”

千陶非不满道：“我怎么可能这么㞞？你又怎么知道这等细节？必是你编派的。”

“我记得可清楚了，我们当时正在切磋，你突然就停下来看着手掉眼泪……”月下无端看千陶非一副不想听自己不堪回首的往事的尴尬表情，轻轻一笑，换了个话题，“算了，不说这个。你刚才拍桌子，是想到了什么？”

千陶非收了脸上的窘态，正色道：“我知道袁副将为何要瞒下消息了。于酌斟实力太强，袁副将认为贸然请我们出城支援可能不仅无法反败为胜，还会害得我们落入敌手。我们这军都是命贵的，死了倒罢，被当作人质就不妙了，所以不敢贸然让我们出城。”

“这一层，我倒是没想到……”

“你早就习惯了我们这军到处都是公子少爷的环境，只想到于酌斟堵我们是因为我们随机应变、灵活机动，是个威胁，却没想到还有我们命贵的原因。我失忆一回，也算是‘旁观者清’了。”

“那于酌斟隐藏实力又是为什么？他要是真想抓我们做人质，完全可以一举破城，这样隐藏实力简直就是在拿我们寻开心。”月下无端不悦地抿嘴，“太过分了吧！”

千陶非想到对方如猫捉老鼠一般戏弄他们，也十分不爽，说道：“他是想把我们折腾得精神崩溃吗？太看不起我们了吧！”

两人一时想不通于酌斟隐藏实力的原因，便你一句我一句把他十八代祖宗问候了个遍，心情舒畅地各自散了。

次日，朱安砚听千陶非讲她和月下无端的最新推测时，听到他们最后大骂于酌斟的这一段，很难得地咧嘴笑了。这货比较闷骚，最爱板着脸充正经人，此刻笑容如此灿烂，让千陶非感到了深深的违和感。“你笑什么？”她警惕地问。

朱安砚得意地笑道：“你们离真相大概只有一步之遥了，还想不通……啧啧，真是没救了。”

原来是在笑他们笨！千陶非双眉一扬，说道：“要是我们个个都比你聪明，要你这个军师干什么！想到什么就说出来，别磨磨叽叽！”

朱安砚又灿烂一笑。

“你别恶心我！”千陶非打了一个冷战。

“等两位副将来了，我再细说。”朱安砚终于收起了令人毛骨悚然的笑容。待人终于来齐，他又笑了一下，温行正视而不见，月下无端的表情很是复杂。

朱安砚终于正经起来。“首先明确一件事：我们这里有那么多少爷，他们不可能不来救我们，就算救不下来，也不能放弃不救。”看到各人都有赞同之色，他点点头，继续道，“第二件事，现在东西两个主战场都战事吃紧，无法一次派出大规模的援兵。第三件事，于酌斟这军实力非常强大，却迟迟不把我们给一锅端了，你们说他安的是什么心？”

月下无端做深思状，千陶非专注地凝视着朱安砚等他讲下去。大概只有温行正真的思考了朱安砚的问题，迟疑着说：“围点打援……”

朱安砚很满意有人接他的话茬：“温副将不愧是经验丰富，一点就透。没错，于酌斟就是想围点打援。他把我们堵在横关城，然后一拨一拨地应付小批量的援兵，削弱我们迟国的实力！”

三人恍然，齐声夸朱安砚聪明。三秒钟后，气氛又变得凝重起来，千陶非眉头紧蹙，月下无端眺望远方，温行正沉默不语，朱安砚摇了摇头：

“现在的问题就是，怎么破这个局。”

虽然他们已经猜到了对方的用意，但若想不出解决方案……也并没有什么用。他们的实力确实远远不及对方，目前除了眼睁睁看着于酌斟按照计划一步步把自己往死路上推之外……也没什么办法了。

但他们“皇亲国戚军”虽然打架一般般，气势、谋略、凝聚力可都是一等一的！坐以待毙？一众少爷可咽不下这口窝囊气！

千陶非慷慨激昂地喊道：“他们敢玩我们，就要自己承担后果！”

朱安砚冷冷地说：“可我们还能做什么？现在的情况可不太乐观。”

确切地说，他们束手无策。

韩将军的头颅没能抢回来，四位副将也是。

沈恕为他们立了衣冠冢。

“沈恕，若是真到了那个时候，你要负起责任。”这是韩将军生前对他说的最后一句话。

沈恕是八军现存军衔和名望最高的人了。

桓倾为活下来了，徐奉活下来了，范演活下来了。

沈恕没有心情去指责他们。

所有人跪拜在五人的墓前时，所有人都在流泪。

所有人在深夜闭上双眼时，所有人都不曾入睡。

三个急功近利的白痴被很多人揍了，一场战斗结束后的残局没有人去收拾，伤情不重者无心疗伤，饿了大半天的战马无人添草料，兵刃上的血干结成深色的纹饰，半折的战旗于午夜时分终于彻底折断落地。

在这个干燥晴朗的晚上，沈恕拖着扭伤的脚在韩将军的墓前跪了一夜。

平明时分，月下无端拾起沈恕落在一边的长枪递回了他手里，说道："沈偏将，你得管管。"

沈恕抬头，眼前这人脸色苍白，却比以往来得更平静从容。沈恕叹了一声："韩将军走了。"

"……"月下无端低头凝视着墓碑，"……我想，总不能没有碑文。陆秀才很会写东西，让他来写些什么。"

"你就不难过？"

"难过，怎么不难过？"月下无端仰面向天，"只是难过有什么用？"

沈恕接过长枪站了起来，已经简单处理过的扭伤的左脚依旧疼痛，腿上传来长跪导致的酸麻，他差点跌回去，他喃喃道："是啊……难过有什么用？可我就是好难过啊……"

月下无端不言。

沈恕早已看出来，月下无端虽看似随和可爱，和桓倾为等人好像是一类人，实际上却有着冰冷坚硬的骨髓，他的内心是极其理智冷静的，这样的性格在发生大事的时候显得格外突出。可沈恕没有那样极端的冷静，他是多情人，无法将自己置于客观的视角。

韩将军不在了。韩将军不在了。

"沈偏将，出了这么大的事，我们需要你。"月下无端又重复了一遍。

韩将军不在了。韩将军不在了。

"我和雀儿根本管不过来。温偏将伤得很重，一只眼睛都丢了，勉强救回来的。朱军师刚来没多久，也做不了什么。”

沈恕大惊：“一只眼睛！”他条件反射地想到温家一定会暗暗将此事怪罪在韩将军身上，一会儿后才想起韩老将军已经不在了，长叹一声：“温行正……”

沈恕和温行正的关系一向很不错。他们同列偏将，年龄相仿，温行正的淡然自若一向让沈恕心生敬佩。听到他失去一只眼睛，沈恕的脸色又苍白了几分。

“沈偏将，你得来看看。”

沈恕勉强定了定神，问：“你们都忙了些什么？”

“我来找你的时候，千校尉还在试图说服大家不要对桓倾为、范演、徐奉撒气。他们三个已经挨了不知道多少打了。毕竟……唉，局面一团糟。我们要安抚军心，收拾战场，还有进一步的策略要做——总不能被困死在这里。”

沈恕抬头，看向城墙外的远山——一片暗青色的脉络。粉红色的阳光沿着山体淌下来，漫延到视野之外。闭眼，再度高高地仰头，血红的天光被割裂成细密的血管。被群山和城墙阻绝的这一片天空像是传说中龙的心脏，在跳动，在跳动……

“总不能被困死在这里……”他无意识地重复月下无端的话。

营地昨夜还是一片混乱，骂声哭声乱成一团。现在已经好了很多，看来情况已经控制住了。沈恕看看月下无端，他面色仍不好，脸侧还可见两个月前那一道浅浅的伤痕。沈恕忽就有些愧疚，自己在墓前跪了一夜，心里只念着韩将军的离去，未曾想到自己的缺席给月下无端等人的整顿造成了多少压力。

他们在角楼上找到了千陶非和朱安砚。两人正盘腿坐在地上写写画画，周围堆了好些纸张。

沈恕注意到千陶非看到他们要进来时特地移动了摆在角楼中间的一个小瓷瓶，那大概是阵法的开关。千陶非特别喜欢在僻静的地方摆上阵法办事。下一秒，他又注意到这正是昨日他目睹韩将军死去的那个角楼，脚下一虚，忙攥紧了手里的长枪。

"雀儿，你们都整顿得怎么样了?"月下无端问。

千陶非没有抬头，在地上的一大堆纸张中间找着什么，一边回答："伤亡已经清点好，我们的损失很大。伤者都安排去治疗了，逝者亦已安葬。打扫了一下营地，战马都喂饱了。那三个人大概还在受军法，一时打不完。过了一夜，大家的情绪也已经没有那么激烈，现在平日的值守巡逻已经恢复，早饭很快就能开锅，凭虚子那边还在试图往外递信……唉!"她重重地往墙上一靠，说道："好累啊。阿端，你刚才可是去了凭虚子那里，怎么样?"

月下无端也就地一坐，嗓音有些沙哑："嗯，凭虚子拜托我出城探一探情况。外面被围了个水泄不通，想送信出去怕是难办。回来后，就把沈偏将从墓前拉回来了。"

“墓前……”千陶非的眼神有点恍惚，然后摇了摇头，“是了，韩将军不在了。”

“你去休息会儿。”月下无端勉强一笑，“一晚上都没睡，不累才怪。”

“你不也一样。”

“你们几个都去休息，剩下的交给我。”沈恕蹲身看着地上的纸，问，“这些是什么？”

千陶非缄默不语。

朱安砚仍翻检着纸张，看似漫不经心地说：“啊，遗物。”

谁的遗物？所有人心知肚明。沈恕抿了抿嘴。

朱安砚脸上没有什么表情；月下无端靠墙壁坐着，单手撑脸，眺望着远方；千陶非垂眼只顾整理这些文件，左手拇指不时拨弄左手上从未拆去的纱布。

“你就不难过？”沈恕问。

千陶非愣了愣，抬眼对上沈恕的目光，苦笑着摇摇头：“现在我心里一半想着接下来如何谋划，一半就想着要睡觉，哪里有工夫去难过！几个偏将死的死伤的伤，好大一份责任落到我们几个校尉身上。”

沈恕越发觉得过意不去。他可以哀伤但不应该拘于哀伤，是时候面对现实了。眼前这几个家伙虽然都比他小了三四岁，但在这一点上着实做得比他好。是的，韩将军死了，越城被围了个水泄不通，若是不作为，等迟国的两路援军在附近会合的时候，他们怕也出不了城。韩将军不在了，他们得做些什么。不然，韩将军等五人用生命换来桓、范、徐三人的性命和八军无须受人质牵制的局面，岂不白费？

他把角楼上的三人赶回去休息。月下无端并不拒绝，打了个哈欠说了声“辛苦你了沈偏将”，就顾自走了。千陶非也打了个哈欠，交代了地上这几堆文件的分类，追着月下无端去了。沈恕注视着她的背影在蒙蒙的光线中远去，有些发怔，忽听得一声“沈偏将”，才发现朱安砚还没走。因为一夜未眠，少年稚气未脱的脸上有些病态，但却显得比平日成熟很多。这家伙也才十七岁，沈恕心里突然冒出这么一个念头。他忽有了无力感，这一切什么时候才能结束啊……

战争伊始是衡国来犯。迟国对邻国常年的过分忍让不只令衡国，甚至令宁国都起了心思。大迟仁帝是位很不错的君主，优点是仁和，缺点是太过仁和。宁国盗匪骚扰迟国边境商旅，迟国驱赶收效甚微，宁国要钱，迟国给了；宁国差点绑走了好端端待在边境封地的迟三皇子，三皇子幸而没出事，迟国忍了；衡国要对付宁国，叫迟国出军款，迟国出了……仁帝的心思大概很简单，能用钱解决的事情就不要动武，然而他不知道一切忍让终究会招致更大的祸患。借迟国的力几乎打下了整个宁国之时，衡国突然叛变，发动碧绫关一役，生生将碧绫江染成红绫江。

沈恕也曾怀着一腔报国热血，此时却突感前所未有的疲惫。如果有什么办法能结束这一切……

“沈偏将，”朱安砚又唤了一声，“你……还有什么需要我做的吗？我知道自己刚来不久……但我都会尽力的。”

沈恕虚弱地笑了笑：“小军师，你挺好的。年纪是轻了些，可正因年纪轻……更是不易。想必你知道有些人闲着无聊会瞎议论你，不用在意的，我、温偏将、月下，尤其是千校尉，都遇到过呢。”

朱安砚好像一下子被戳中了心事，不安地侧过身去，用力抿了抿嘴，嘟囔着：“鸷鸟之不群兮，自前世而固然……”

沈恕看着朱安砚，恍惚间就像是看着曾经敏感迷茫又莫名自负的自己。他按了按朱安砚的肩膀：“霍小将军送你过来，你就是八军的一员。我知道你也很关心大家，在试着融入大家……他们会看见的。”

朱安砚低头应了一声，头也不抬地迅速离去。沈恕无声地朝上扯了扯嘴角，转身独自翻检那些纸张。

这些都是韩将军和四位副将的东西，说不定其中会有什么关键信息。刚才千陶非和朱安砚已经把纸张基本分类了，其中有一叠全都是家书等私人信件，沈恕大致翻看了一下就放了回去。还有一叠是些与军情相关的内容，但都是他们已经知道的，无甚用处。剩下最薄的一叠便是有用的资料，有几张地图、迟国其他几路军的战况概要、军队名单等。

把剩下的一些文件分好类，沈恕决定去凭虚子那里看看。凭虚子是斥候，统管信息情报。城里出了这么大的事，沈恕觉得有必要赶快和主帅取得联系。

他抱起那些文件，径直去找凭虚子，询问具体情况。凭虚子摇头："信息传递难度很大。能和外边联通的，大概也只有千校尉那个骈瓶了。"

千陶非的骈瓶？沈恕顿了顿，想起来，千陶非好像是有个小瓷瓶，说是能和另一个成对的瓶子传讯的。沈恕记得那是一个霁红的细颈瓶，这一边把字条卷小后塞进去就能从另一个瓶子里出来。另一个瓶子似乎在她表哥那里。

千陶非的表哥涯轻尘是包神尊的弟子，极擅毒术，其妻更是天下闻名的女说客秦夫人，据说宁国灭亡后复国势力对衡国的牵制和几年前谦王殿下安全回到迟国，都和这位秦夫人有关。千陶非本族是洑陵千家，家传了百年的瓷塑手艺，其父更是被誉为古往今来制瓷的第一人，所以千陶非才会带着骈瓶这种外边根本有市无价的东西。难怪千陶非似乎总有一些有奇效的药粉，想必是她表哥通过骈瓶送过来的。

真是后台一个比一个硬。

告别了凭虚子，沈恕打算去看看那三个闯祸的家伙。他们刚挨过鞭子，此时还跪在城墙上，要暴晒一天。见沈恕来，个个都迅速低了头。

他们是导致韩将军战死的关键因素。沈恕看着他们，却什么也说不出来。

他们固然有错，但三人浮动的心思毕竟不是最近才显露出来的，沈恕若能提前认识到这种心态的严重性，并及时采取措施，事情也不至于变成这样。沈恕想骂他们，但想到他们昨晚必定是被全军上下的数万人给狠狠骂过一顿了，也觉得再骂下去很无意义。他们造成的后果已经成了他们巨大的心理包袱，沈恕相信，别人不用说什么，他们心中那种自己害死了韩将军的想法也能将他们折磨得很痛苦。沈恕拖着伤脚慢慢地来到他们面前，只幽幽开口道："夫闻鼓不进，闻金不止，旗举不起，旗低不伏，此谓悖军。如是者斩之。"

沈恕当然没权力把这三个贵胄给砍了，但三人却不知道沈恕的真实想法，听了这话，他们均是面色一白，范演也没有像以往犯错后一样冲上前说什么"沈偏将请惩罚我吧"，看来是被吓到了。

"对不起。"徐奉轻轻地说。

"沈偏将，对不起！"桓倾为大声道。

一旁的范演没有说什么，只是重重磕了一个头。桓倾为和徐奉也跟着磕头谢罪。

沈恕刚才还能保持平静，见他们这么一磕头，却不由得怒由心生，冷笑道："对我道歉有什么用！你们要磕头，就去韩将军的坟前磕头吧！"

不料三人之前以为沈恕要砍他们的头，听了"坟前磕头"的话，还以为是要用他们的头去陪葬什么的，磕头道歉都顾不上，只是吓呆了。

半晌，徐奉才道："就算沈偏将要处置我们，也请容后再议，给我们一个戴罪立功的机会。"语气还算真诚。

桓倾为立刻附和道："是啊，给我们一个戴罪立功的机会！真要处置我们，等回了祁城也不迟！"本也是一句挺慷慨激昂的话，后半句却暴露了他的想法。等回了祁城，桓老侯爷还容得别人处置他？

听出了这层意思，沈恕更是火大，狠狠地在桓倾为脑袋上打了一记，冷冷地说："放心，你们死不了！韩将军他们为了救你们三个蠢货而丧命，现在就死未免太便宜你们！"

知道自己死不了，三人皆舒了一口气，老老实实地接着跪下去。沈恕注意到他们裸露的皮肤上都是青一块紫一块的，看来昨晚群情激愤，他们被打得很惨，一时有些不忍，心里想让他们先去吃饭再回来跪。转念一想，这似乎不能服众，便作罢。又一想，不如过一会儿偷偷取些东西来给他们吃，毕竟这又是打又是晒又是跪的，很容易受不了。一有这个想法，沈恕便在心里自我谴责了一番：他们三个是一切变故的导火索，他们害死了韩将军，自己不但不痛恨他们，还关心他们饿不饿、累不累。这妇人之仁何时能够改掉！

叹了一口气，沈恕走下了城墙。吃完饭后，也不知道还有什么事好做，别人好像在他跪在韩将军墓前的时候，把一切事情都处理好了。军营里的气氛很压抑，沈恕不想多留，去看了看温行正，他又还不见清醒，便往马厩去。马厩里，沈恕的战马吞天正眼神呆滞地嚼着草料。沈恕摸摸它的鼻子，往后一倒，躺到了马厩边的干草堆上。一种浓烈的香味弥漫在周身，混有少量硫黄、香草的气味，还有一场奇异而迷乱的夏日梦境和积久成势的暴雨的前兆。嗅觉所承载的往往不是一段影像，而是一股空气，它渗透于神经末梢之中，在一切结束后才被想起。此时沈恕想到的，则是他以为自己已经遗忘的那些往事。

庞大的家族，宽阔却仍有限的宅子。

市侩、尖酸、流俗的一切……沈恕自认为不堪的曾经。

那时候的他，便常常捧着书本到马厩里来躲清静。也似现在这样，躺在干草堆上，从木板的缝隙后看青莽莽的群山。

既然厌烦了世俗，就走吧！既然无力改变，就走吧！既然无以为继，就走吧！

一走便被迅速遗忘，一走便迅速将其遗忘，一走便走到如今。

先不论去哪里，“走”这个词本身似乎就是一种不甘同流合污的表征，好像自己无论走到什么地方，那得到他承认之地便是正义。

可他的内心，其实从未想过要离开吧？

以为自己可以是一个恣意的游侠，以为自己可以是一个宁折不弯的志士，可以轻富贵，轻名利，斩牵挂，斩尘缘，所以就为了离开而离开了？

什么厌世，什么无以为继，都是借口吧，他一直以来，都是在逃避吧。

逃避的不是什么“世俗”，而是一个一直都在很没有原则地原谅一切且容易感动的平凡的自己。

希望自己疾恶如仇，希望自己潇洒孤寂。可沈恕，一直都不是自己希望成为的那个自己啊。

临春城·底线

即将前去洑陵过年的时候，千陶非突然病了，病不过是普通的风寒，却已经让患者经不起长时间的舟车劳顿。养了几天不见好，洑陵又似乎不得不快些回去，千暮山终于决定把她留在临春城——她表哥家里。千府上下冷清，十二三岁的姑娘难免要闷，涯府却永远不会有冷清的问题——三世同堂，和千陶非同辈的少爷小姐有四个，仆从一大堆。

过年的日子里，包神尊也把涯轻尘放了回来。涯少爷真正吃苦的时候一声不吭，一回家来就好似被狠狠折磨了一般，逢人便大倒苦水。他家里人原是出于关心认真听着，但听多了也嫌他烦——是的，涯轻尘确乎遭受了非常严格的训练，他们相信这是真的，但任何东西重复多了也就没什么意思了，不是吗？

涯轻尘便只好来找千陶非。此时的千陶非是个极佳的说话对象，她病着，整天恹恹的，就是吃饭睡觉发呆，也不怎么说话。涯轻尘在那儿说自己的生活如何如何艰难，包神尊是如何如何不留情，师姐是如何如何淡漠。千陶非虚弱地看着他，偶尔附和几句，那憔悴的面容像极了是在为涯轻尘感到同情和难过。待涯轻尘终于说够了他作为包神尊小弟子的悲惨经历，他便开始大谈特谈作为包神尊小弟子的无上荣耀。比如包神尊带着他兜遍了三个国家，所有人没有不以礼相待的；比如师姐寒方缀珠作为迟国二皇子的未婚妻，管那位高高在上的谦王殿下叫“桃花”，再不然直呼其名“史惊夕”，又跟涯轻尘说过不少毁对方形象的事；至于他自己，如今已经大有长进，寻常的毒药只消用筷子头蘸那么一点来尝，没有他分辨不出的。他说这番话的时候，千陶非还是虚弱地看着他，偶尔附和几句，那憔悴的面容像极了是在羡慕涯轻尘能入包神尊门下。

秦陌璃偶尔也来看看千陶非，关心她的病和情绪，然后一起吐槽涯轻尘的啰唆。其实按照秦府一贯的古板规矩，秦陌璃既然和涯小少爷有了婚约，就不该老往涯府逛，但由于秦陌璃同父异母的哥哥已将掌家的权力接了大半，这个哥哥一向又疼秦陌璃，加之秦陌璃年纪尚小，故而顺利地来了。涯家并非秦家那样的老家族，家里人的性格也都随和，因此也并未像秦陌璃的某个婶婶说的那样觉得她“不懂规矩”。说起来，秦陌璃的父母都饱受秦府古板规矩之害，所以才会想把宝贝女儿嫁去涯家。

年二十九那天，千陶非的病总算好了，到了年三十那天，她已经完全恢复了生病前的样子。这天下午的时候，秦府人带着秦陌璃来正式拜访，大人们在前厅说着无聊的话，秦陌璃溜去找涯轻尘和千陶非玩了。三人在涯府转了又转，迟迟寻不到乐子，觉得无聊至极。涯轻尘突然提议，说在他爹的书房里，书架顶端，有几本好像很神奇的书，很有偷读的价值。涯轻尘从小看书多，父亲的书架基本都被他翻过一遍，唯独书架顶端的那几本，家里人从来不准他看。

经涯轻尘这神秘的语气一烘托，两个小姑娘都来了兴致。千陶非病中安静了好些日子，这会儿正闲不住，对涯轻尘偷书的建议大为支持。三个人从小到大搭伙"作案"已成习惯，这会儿熟练地分工合作，引开了周围的侍女，一个接一个溜进书房里头。

"喏，就是那几本。"涯轻尘压低了嗓子，指着书架上边几本落了灰的书，"似乎是用了某种禁锢之术，我用仙术拿不走。"说完，他打量着秦陌璃和千陶非，看她们是否有好办法。秦陌璃正思索着什么，千陶非的眼睛在这个房间里上上下下地打量。终于，她有所行动了，她拖来一把椅子，又在椅子上摆了一个小鼓凳，仔细交代道："你们扶好了，我上去。"涯轻尘用钦佩的眼神看了千陶非一眼，马上扶好了凳子。秦陌璃叮嘱她小心，然后也去扶凳子。千陶非神色肃穆地点了点头，一跃上了凳子。

即使脚下又是椅子又是鼓凳，千陶非却仍未达到轻松把书拿下的高度。她踮了脚，一手攀住最上面那本书的封面，打算把几本书给拖下来，竟还是不成功。一气之下，她往上一跳，整个人便挂在了书架上。千陶非还来不及想什么，就感到一阵失重，秦陌璃和涯轻尘同时惊叫。脊椎中部传来拉扯的痛感，耳边响起物体倾翻的声音，头部的疼痛酸酸地震到牙齿，最后是胸前的压迫感和瓷器碎裂的声音……

从书架底下爬出来，千陶非才意识到自己闯了多大的祸。

是的，她把书架给带翻了，但这似乎还不是最严重的问题。书架倒下来的时候，砸碎了边上的一个梅瓶。千陶非拾起一片碎瓷片，绝望地判断这梅瓶似乎价值不菲。

门外已经响起了闻风而来的侍女们的脚步声，千陶非深吸一口气，用深邃的眼神看看涯轻尘，又看看秦陌璃，一切尽在不言中。

然后……她迅速从书房的后窗翻了出去，夺路而逃，正如很久以前她在白先生的书斋里做的那样。

那天，千陶非惶恐地蹲在珊阑宫里，看着光线从墙上移到地上，不知不觉睡着了。涯轻尘终于找到她并把她叫醒的时候，千陶非还迷迷糊糊地说不回去，怕被姨夫骂。涯轻尘轻声道："我爹没有生气，他说书架翻了让下人摆回去便是，年三十碎了瓶子叫'岁岁平安'，再说那瓶子是你爹送他的。"听到这里，千陶非才算是彻底清醒了，再三确认涯轻尘所说一切属实后，才勉强安下心，回了涯府。

姨夫自始至终没有向她提过这件事。不过千家从洑陵回来后没过几天，千陶非就注意到她爹突然放下了新近痴迷的篆刻，在做一个梅瓶，大小规格和她砸了的那个是一样的。梅瓶完工后就一直摆在门房，直到有一天梅瓶不见了，千陶非意识到自己不再欠姨夫什么了，才重新恢复了以前时不时去涯轻尘家里晃一圈的习惯。

后来的日子还算平静。白衣人留下的秘籍千陶非已读透了小半本，仅仅是这小半本，就足以让她拥有足够的资本耀武扬威。

现在她所学的多是简单而实用的阵法。秘籍是手录的，边上有许多注解和补充，大大降低了千陶非自学的难度。她曾让涯轻尘和秦陌璃配合着她置了一个能让时间滞缓的阵，阵内的任何动作都会被放慢，惊艳了他们整个私塾。

不过千陶非远远不能满足。她翻阅过秘籍的后半卷，那些阵法才算是真正的令人惊艳。比如，她以前从未想到，阵法竟可以让人在阵内达到隐身的状态；有的阵法竟可以用于传输；只要方式得当，阵法甚至可以埋伏下重重陷阱，只消布置在那里，就可以让一般的入阵者不死也重伤……

那个可以隐身的阵法——散形无痕阵——对千陶非的诱惑尤其大。隐身啊，那可是隐身啊！更何况，哪怕境界不高，千陶非也看得出来这个阵法相较后半卷的其他阵法而言算是简单的了。她仔细看过散形无痕阵的说明，什么“双重夹位”“十四阵子”“三子重合”的，她不太懂，但她相信假以时日会有头绪的。后半卷的阵法像是从很多相关书籍上一点一点摘录而来的，主人没来得及整理，内容都有些混乱，笔记也很少，这给千陶非的学习造成了不小的难度。看了一遍后，她还是一知半解。但千陶非相信，再假以两三年的自学，她完全可以布置出散形无痕阵。

那段时间在千陶非的记忆中被储存为一段段破碎的光影，青石阶上摊开着的阵法秘籍，草木浓郁的香气，沉沉如水的静默。涯轻尘很少回临春城，秦陌璃总是在读书或是深思（秦府已经很少有人主动招惹她了）。千陶非自己忙着学阵法，同时还要读父亲给她准备的叠起来比她个子还高的书籍，平日更要忙着应付私塾的功课。千堂昭跟着父亲学制瓷，偶尔兴起，便偷偷绕到千陶非的背后往她脸上抹一道彩釉，还把自己学习制瓷的所有失败品都献宝一样地送给千陶非。千陶非本来很是感动，但自从知道了这家伙把自己看不上的作品送给她之后，便不乐意再接受了。千堂昭却似乎很想和姐姐待在一起，便时不时来找她。千陶非永远都有看不完的书，千堂昭便拿几个父亲仓库里的瓷瓶，和千陶非一起蹲在青石阶上，每一个瓶子都仔细打量。

千陶非曾问过他这些瓶子到底有什么好看的，时年不到十岁的千堂昭平静地说："读故事。"

"故事？"

"你看啊，"千堂昭拿着一个盖碗就凑过来，"这盖碗，像个说书先生。"

"嗯……因为上面画着的是太宗收复天下的故事？"

"不止。你看这釉色，清一色的天蓝，线条又细又密，像极了说书先生长衫的质地。这个盖碗很瘦，盖沿的线条刀切一般明朗，可偏偏顶上又微微隆起来，显得有些和蔼。”

“那这个塔瓶呢？”

“嗯……一个还未斩断尘缘的小尼姑，心思全藏在那重花鸟纹的釉下彩里。”

“这个花觚？”

“有点像个有才华却不受宠的皇子，好比衡国的那位三皇子黄道中，听说他的阵法很厉害。可是一年前不知道跑到哪里去了。”

“一年前……”千陶非遇到那个阵法高人也是在那个时候。

“姐姐！姐姐！”

恍然回过神来的千陶非紧张地应了一声。

“你看这个将军罐像什么？”

“行了，我不知道，求求你告诉我，好吗？”

千堂昭耸耸鼻子道：“你的态度那么不好，我不愿意说了。”然而过了一会儿，见千陶非没有搭理他，他又把那个将军罐塞到千陶非鼻子底下，说：“我知道你很想知道，只是不好意思说出口。好吧，看在你如此有诚意的分上，我就告诉你——这个罐子跟你很像哦。”

千陶非好奇地抬起头：“像我？这怎么说？”

千堂昭一手拿着罐子，一手比画，说：“你看啊，这颜色，蓝得很温柔，隐隐看得出笔触来。罐身很修长，线条的走势有些像梅瓶，故而不同于那些大老粗的罐子，这是位女将军。可上面的花纹却排列得俨然而不失爽朗，看得出很有勇气。”

“没想到你对我的评价这么高。”千陶非笑道。

“姐姐，你觉得以后你会怎么样呢？”千堂昭忽然正色转移了话题，“你该不会真的打算到了十八九岁就嫁人，然后相夫教子吧？我知道大部分女孩子的生活都是这样的，但是这些放在你身上好像就没办法想象。你那么厉害，连白先生的书斋都敢翻，姨夫的书斋都敢拆，怎么会这么平凡地过一辈子呢？”

千陶非一怔，没有想到千堂昭也能说这么一本正经的话，问道：“你怎么会突然想到这些？”

千堂昭小心翼翼地把将军罐放回门槛里边，回答道：“因为我最近一直在想以后我该干什么。我喜欢做瓷器，但像爹那样长年宅在家里搞创作的生活会让我觉得无聊；去当官吧，我又不喜欢天天和一群俗人打交道；经商什么的，我没继承娘的天赋，不擅长……总不能去种田吧。姐，你觉得我该干什么呢？”

“其实像爹那样也挺好的。爹也没有长年宅在家里，他几乎每个月都会去趟祁城，并且几乎每次从祁城回来都会给咱们带礼物……”

“你是不是在暗示我长大后也要经常送你礼物啊，姐！严肃点！”

千陶非想了想，说："你应该去周游天下，用不同的瓷土、不同的釉色、不同的风格，去做更好的瓷器。娶一个和你一样奇怪的姑娘，在什么地方玩累了就在什么地方定居。"

"听起来不错。长大后，我去周游天下，你就去打仗。你那么厉害，随便摆一个阵法，敌军就溃不成军了。"

千陶非笑道："以后怎么样我不知道，但我是不会到了十八九岁就嫁人，然后相夫教子的。未来有很多种可能性嘛！说不定我会去打仗，说不定我会去行侠仗义，说不定我会去当官，说不定……我会去开一家杂货铺！"

两个孩子笑成一团。

笑完后，千堂昭漫不经心地说："爹娘好像也希望你想一想以后要怎么办。你有没有注意到，他们给你看的那些书，什么方面的都有。"

千陶非释然地笑了，后来的一切难道不都是由此发生的吗？她希望自己不同凡响，父母又从不拘束她……所以她去了战场，她遇见月下无端和……那个谁来着？

在这梦中，千陶非的耳边忽然响起了警告的声音：这就是真相的全部，绝对不可以再继续下去了。

横关城·破境

连绵小雨和有风的天气就像一个罹患绝症却总死不去的病人，艰难而嘶哑地喘息着，双目因翳病而混浊，却迟迟不康复也不撒手人寰。

潮湿的鞋子永远也干不了；伤员的伤口都有发炎的危险；新煮的米饭在潮湿的空气中蒸腾水汽，每一口都有湿漉漉的感觉；战马们心情阴郁，打着响鼻；明晃晃的兵器上都蒙了水雾；兵卒们闲着也是闲着，反复擦拭着铁器以避免生锈，发出的声音尖细得像是鬼哭。月下无端的病反反复复总也好不全；朱安砚又开始揉他的左胳膊，声称自己骨骼疼痛；温行正本就寡言，近来更加沉默；而千陶非的记忆停滞在自己十三岁那年，无法继续前进。

记忆的修复毫无征兆地停止了。千陶非的梦中只剩下光影的碎片，再也没有连续的情节。

到了七夕，小雨终于暂停，空中仍是阴云不散，见不到月亮，也见不到传说中的鹊桥。横关城里却还是一样要过节，这里的女孩子过七夕有放河灯的习俗，千陶非因为记忆无法恢复，郁结于心，本不想凑这个热闹，最终被月下无端推着去了，理由是“反正最近没事闲得慌”。

他们确实挺闲的，因为他们对眼前的危机无能为力。

千陶非拣了一个破护心镜，斩了半截蜡烛点上，放到了河里。她蹲在河岸上，看着这个随意的河灯如她逃逸的记忆一样晃晃悠悠地漂远了，眼前就只剩下晚上漆黑的河水。

月下无端扳过她的头，说：“看那边。”

千陶非感觉到他手上的温度，试了试他的额头，皱眉道：“你又烧起来了。”月下无端笑着摇头说无碍。千陶非朝他指的方向看去，河水上漂着密集的河灯，整片水域被映得通亮。

“回去吧。”千陶非说。

月下无端道：“别，我们去街上走走。守城的日子最是无聊，难得过个节，不多逛逛岂不浪费？”

千陶非怀疑地瞥他一眼：“今天街上的大姑娘小媳妇可多了，你该不是醉翁之意不在酒吧？”

月下无端立刻庄严发誓：“在我心里，全迟国的姑娘加起来都比不上你！”

千陶非知道月下无端是想让她散心，但她觉得光是在热闹的街上逛一圈是无济于事的。她早就过了轻易忘忧的年纪，她有许多忧郁的理由。作为主将，面对衡军的诡计，她束手无策；作为失忆症患者，原本应该持续进行的回忆停滞不前，记忆可能一辈子都无法恢复……

心中的伤感很绵长，她准确地判断这种异样的悲伤来自她被拦腰斩断的记忆。她知道丢失的六年记忆于她而言有多么重要，知道这些年见证了许多她不想忘记的事件……但一切都不复存在了，甚至没有寻找的方向了。一想到这里，一团忧郁就哽咽在嗓子眼里，她随时都哭得出来。

月下无端敏锐地感受到了她的情绪，温和地揽过她的肩。千陶非没来由地鼻子一酸，差点落下泪来。“想哭就哭吧。”月下无端说。

于是千陶非的泪水终于淌了下来。她伸手去拭泪，微一偏头，见身边人温柔的眼神，有些不好意思，逞强道：“你对我这么好，我太感动了，所以哭了。”绝口不提内心的伤感已经成了千陶非不会遗忘的习惯。堂堂将军在大街上偷偷抹眼泪像什么话？遇到问题，就去思考对策啊，哭又算怎么一回事呢？她自责着。

月下无端听她说这话，表现得倒是颇为愤愤不平：“我一直都对你这么好，你不会现在才发现吧！”

他说这话的目的本是为了活跃气氛，千陶非却未能领会。她又慌忙抹了一把泪，轻轻地说：“可我都不记得了……”

月下无端看似轻松地安慰道：“区区五年，忘了就忘了，大不了我再给你讲一遍——以后的时间还多着呢。”

他们沿着河道走着。夜幕是浓墨一样的漆黑，仿佛世界上的一切光亮都早在混沌分明之初沉淀了下来，成为烛光的渣滓。千陶非的眼中还有泪水，视野下部都是圆形的晃动的光斑，这些光斑随着他们的脚步渐渐多起来又少起来。最终他们走到了河道的尽头，眼前是一潭和天幕一样漆黑的湖水。

千陶非手里提着灯，她微微探出去，看湖水里自己的倒影，月下无端也探出去，湖水中两人脸上那带着疲惫和一丝探寻的神情相像得很。千陶非突然想起一件自己一直很好奇的事，问道："皇上为什么要给我们赐婚？"

"大概他觉得我们看着比较登对吧。"

"这么随意吗……"

"他还可能是想改善你爹和我爹的关系。"

"啊？原来我们有世仇吗？"

月下无端耸耸肩："你爹是皇上的好友，我爹也是皇上的好友，可是你爹和我爹则声称是仇人，彼此看不顺眼。但说是这么说，真的遇到什么要紧事，他们谁都不会不管谁。"

好复杂的爱恨情仇啊……千陶非偷偷地想。她突然想到一个历史故事，说是有两个丞相有世仇，一直针锋相对，不利于朝堂和谐，皇帝就给这两家赐婚联姻。那可怜的姑娘嫁过去后非常不受待见，过了几个月就香消玉殒……于是两个丞相的仇恨更深了。想到这里，千陶非用审视的眼光打量了一下月下无端。月下无端被她盯得有点紧张，立刻正了正衣冠。

他们又看了会儿水中的倒影，月下无端问："你有没有听见瀑布的声音?”

千陶非集中注意地听，果然在响亮的虫鸣后听见了隐隐的喧腾声。这声音平稳而低沉，隐在白噪声中，刚才竟没有注意到。她四处张望着寻找瀑布，月下无端拿过她手中的灯笼，牵起她的手，沿着水潭的边缘向声源处走去。连下了好几天的细雨，脚下的泥土湿润但不稀烂，地面的触感小心翼翼地从柔软的布鞋下传来。以为只是去城中逛逛，千陶非出来时穿了一身裙装，配了一双战场上难得有机会穿的布鞋，没想到竟走到了这种地方。月下无端一手提着灯，一手牵着她，她一手牵着月下无端，一手提着裙摆，注视着前方灯笼所照亮的一小块区域，听喧腾的水声越来越近。千陶非恍然间产生了一种不真实感。

月下无端忽然停住了，他们已经走到了瀑布边上。灯笼的光线有限，他们看不清更具体的情况。月下无端站在原地，把灯笼上下移动着，试图观察到些什么。然而灯笼里放置的蜡烛却很不给力地突然熄灭了。唯一光源的消失让千陶非的眼前仅剩下一片黑暗，下一秒，一团青白色的火焰就在月下无端的手心里燃起。“回去吧。”月下无端说。

千陶非松开了牵着月下无端的右手，在手心里燃起了一小束属于源系仙术的火焰。那火焰小而孱弱，泛着莹莹的蓝光。月下无端改牵起她的左手，往回走去。待他们终于回到街区的灯光下，千陶非注意到自己的布鞋上已经沾满了泥。她倒吸一口凉气，埋怨道：“早知道就不该跟你走到那种奇怪的地方去。”

月下无端哭笑不得：“我也不知道你穿的是布鞋啊。”然后他转身在附近的一棵阔叶树上采了一些叶子，单膝跪地，细心地抹去千陶非鞋上的泥。

千陶非微微拎起裙摆，又道：“既然我穿着这样的裙装，脚下搭的就必然是双布鞋。”

月下无端将沾了泥的树叶扔到一边，起身抻了抻衣服，说道：“嗯，我记住了。”

也许是因为衣裳单薄，夜间又露重，月下无端回了营地之后又烧得厉害起来。他被千陶非逼着喝了药，大概是出于维护某些奇奇怪怪的“尊严”，月下无端总说自己不喝药也能飞快病愈，然而事实并非如此。千陶非走回自己的营帐，出乎意料地，她看到霍鹂儿正托腮坐在帐前的篝火旁。见她来了，霍鹂儿喊着“雀儿姐姐”，一路小跑到了她跟前。

“这么晚，还不睡？”千陶非摸摸她的头。

霍鹂儿委屈地看着她，说道：“雀儿姐姐，你最近总是避着我……”

千陶非无奈地想，她能不避着霍鹂儿吗？她的记忆并未完全恢复，而霍鹂儿最喜欢的就是较真。她总能从对方的话语中找到每一个细微的不合理之处，并以高超的套话技巧旁敲侧击地打听她想知道的事。千陶非认为霍鹂儿如果经过一番精心培养，完全可以接下审问人质的工作。不过她自己若是在这小姑娘面前露了破绽，只怕也会很麻烦，所以她不太敢单独跟霍鹂儿说太多。

千陶非讪笑两声："最近比较忙嘛!"

"你今天跟月下无端在城里逛了一晚上!"霍鹂儿一针见血地指出这一点，摇着千陶非的手抱怨，"雀儿姐姐，月下无端那货有什么好？有我可爱吗？有我年轻吗？有我机灵吗？有我贴心吗？……雀儿姐姐，男人有什么好……"

千陶非无奈了，这丫头的话里怎么醋意这么浓呢？她坦坦荡荡地和自己的未婚夫出去逛了一圈，被霍鹂儿一说，竟有了一种被当场捉奸的感觉。她笑了笑："鹂儿，你……我今晚和他出去，是商量了些正经事。"她随口扯了个谎，妄图堵住霍鹂儿的嘴。

霍鹂儿拽着千陶非衣袖的手垂了下来，说道："雀儿姐姐，我们什么时候能出城？他们是不是不打算来救我们了……"

"放宽心，我们能出城。"千陶非尽力让自己的声音听上去自信一些。

霍鹂儿看了她一会儿，松开了她的袖子，站开了一步，问道："雀儿姐姐……也没有把握吗？"

千陶非一愣，复又笑道："怎么会！你也看见了，于酌斟不过就这点能耐。我们未能出城，不过是因为援兵在路上耽搁了……"

霍鹂儿低头盯了一会儿自己的鞋尖，深吸一口气，正色道："将军，我知道自己很任性很幼稚，但我并不傻。"她认真地看着千陶非的眼睛，问道：“衡军是不是在隐藏实力？我们的援兵被击溃了，是吗？”

千陶非闭上眼，霍鹂儿果然是将门出身，在这方面有着惊人的敏感。她深吸一口气：“好吧，瞒不过你。”

“那我们该怎么做？”

“……我不确定。”

“一定是有选择的吧！我们还有什么选择？”

千陶非缓步走到篝火旁坐下。这些事本不该告诉霍鹂儿，但一想到这个话题，她全身的肌肉就都因为无能为力的茫然而脱力——她不知道该何去何从，而隐瞒如今的局势不会带来任何突破。

于是千陶非简略地说：“第一，在城内等待时机，见机行事。第二，主动突围。”

霍鹂儿似乎也知道自己不好问太多，试探道：“将军，你心里……有答案吗？”

“……没有。”

“真的没有吗？”

“……”

霍鹂儿挨着她坐下，托着腮道：“雀儿姐姐，我给你讲个小故事。”

“嗯，我听着。”

“几年前，我受邀去参加谦王殿下的婚宴。这么大的场面，我自然想穿得好看点。”

谦王殿下千陶非是知道的。十一二岁的时候，她和秦陌璃也曾非常关注报纸上有关谦王殿下的各种花边新闻。后来涯轻尘入了包神尊门下，他那位与谦王殿下有婚约的师姐向他透露了不少毁对方形象的事，这些事也都被涯轻尘一一转述给了她和秦陌璃。忽又联想到秦陌璃小时候常说自己要嫁给一个将军，她如今的丈夫涯轻尘无缘此职，自己倒还真成了将军。想到这里，她笑了笑，在临春城的日子真好啊……

霍鹂儿接着讲她的故事："我在满柜子的衣服中千挑万选，最终挑出了一件粉衣和一件白衣。我对我的侍女说：'真是纠结啊，到底穿哪一件好呢？粉衣和白衣都很好看，我取舍不定。穿粉的吧，我觉得自己其实穿白色更好看；穿白的吧，婚宴上穿这个颜色好像不太好。'我的侍女说：'小姐，你自己都说了白衣不合适，自然只能穿粉衣了。'"

不合适吗……

"现在我回想起来，发现我之所以纠结于这两件衣服，并不是因为这两件衣服差不多好。白衣是我喜欢的，粉衣是我应该穿的，我不过是不愿接受这个事实，才把这种感受错认为'纠结'罢了。"

"你后来怎么选择的呢？"

"自然是选择'应该的'。这还用说吗？"

那她自己当下的纠结，不过是因为自己不愿面对那个一直存在的正确选项吗？千陶非想。她的心里，其实是有答案的吗？

她看着那跳跃的一团火，一段零碎的记忆片段在脑海中一闪而过。

……

“战事平息后，带你去祁城。”

“去祁城做什么?”

“……上元灯会、寒食踏青、七夕游湖、中秋赏月……”

“还有呢?”

“湖心坊的酒菜名冠全城，全味斋的点心以酥饼为首，东街连着几十铺都是绸缎胭脂，城西的玉饰皆是前朝的老牌子……”

“不愧是你们这些纨绔子弟的天堂。”

“哎，不敢当。不过我还知道：摘星楼上吹笛，声音能传入宫墙；无名桥畔的月色最是清朗；夏天北边的城墙下，野生着艳红的蔷薇，说真的，那颜色像血一样；泺水之南能听到乐坊琴瑟连夜地响……”

“若我们活过了这一战，你当请我去最好的酒楼，开千两一坛的好酒，尽兴方休!”

“何止！我们行游四方，管它什么家国兴亡社稷江山!”

“听，画角声……得走了!”

“待我饮尽最后一杯。”

“你不许死啊!”

“嗯，你也是!”

“那城外再见了！”

……

千陶非醒来，却并未睁眼。她知道梦中那段零碎的记忆，来自遥远的广安三年。

梦里那段对话之后，便是越城一役最终的突围之战。月下无端告诉过她，当时被困越城的迟军，有一半都折在了这一战里。

可就是这样的战役之前，明知道当太阳再度升起之时他们可能就不在人世了，她和月下无端却还坐在篝火边瞎扯淡，一会儿说要去祁城如何如何，一会儿说去行游四方什么的。那个时候她害怕吗？答案是肯定的。但害怕的同时，心中也充满了至死方休的坚定。

她用被子蒙住了头。越城一役至今已有两年光景。两年里她升了将军，变得更加沉稳，也更加冷静，但她在抛却年少的冲动的同时，是否也失去了少年人的锐气呢？

那个杀伐果断的千将军，也随着她的记忆离开了吗？

不行！她跳下了床，迅速穿戴整齐出了帐。她是全军最不该优柔寡断的人，无论她的记忆会不会恢复，无论她日后还打不打算继续当将军，无论她的性格其实是懦弱还是坚强，这一切都要等到他们出了横关城再说。横关城必须破出！原地等待时机？时机怎么可能会是从天而降的？出城固然危险，但不主动出击就等于顺从衡军的计划。她低头看了看护腕上神鸟的图腾，她咽得下这口气吗？他们八军咽得下这口气吗？他们迟国咽得下这口气吗？

她刚出帐就碰到凭虚子。没等凭虚子说什么，她就快速说道：“立刻去叫两位副将和军师，就说有要事商量……等等，把所有偏将也一并喊过来，你自己也别缺席。”

“属下明白。”凭虚子答道，“还有，将军，我们刚刚得信，第二批援兵大约会在十日后到达。”

千陶非一愣，然后右手握拳猛砸左手手心，大笑道：“好！”

越城·前奏

沈恕醒来的时候，天际浮着火一样的红霞，他意识到自己躺在马厩里不知不觉就睡着了，并且还一觉睡到了黄昏。

风中传来失真的喧腾声，似乎有很多人在奔走呼号。

沈恕欲一跃而起，却中途吃痛，一手扶住了柱子，才免于摔倒。沈恕苦笑，他忘记了自己的脚已经扭伤，于是摸索着拾起长枪，尽可能快却仍不免笨拙地朝外走去。一出马厩，就听见备战的鼓声，沈恕抿紧了嘴。

他之前怎么就没有想到！韩将军和几位副将刚刚牺牲，如今的八军实力大减，军心动摇，不正给衡军提供了进攻的最佳机会！临天纵横不再次来犯就是傻子。

自韩将军死后，沈恕就一直没有好好休息，连背上的弓箭和腰间的匕首都不曾卸下。此刻伸手确认了这两样东西还在，沈恕就尽可能快地随着人群朝城楼上走去。

即使拄着枪，沈恕的步伐仍显得稳健，脸上则是一贯的平静。可沈恕的内心却不似表现出来的那么冷静。军中的秩序才勉强恢复，怕是根本没有做抵御下一波攻击的准备——至少沈恕自己压根没想到这一点。唯一的希望在几个校尉身上，他们若是有心，可能昨日已经做过了打算。但沈恕不确定这希望有多大。

若是没有准备……多虑无益，先去看看再说。沈恕及时刹住那个呼之欲出的念头。

沈恕一级一级地登上城楼。城墙上的情形随着他的步子逐渐进入眼眶。

呈曲面的城墙上，有序摆放着种种守城可用的兵械，千陶非和月下无端分据两个离沈恕最近的角楼忙着指挥调度。不远处，衡军正踏阵而来。沈恕松了一口气，好在他们几个靠谱，提前做了准备，不然此战怕是凶多吉少。想到自己昨日口口声声说让他们去休息，自己来忙，却仍因韩将军的死而魂不守舍，兜兜转转几圈，连防御工事的准备都没有想到，还在马厩里睡了过去，就感觉羞愧难当。反复默念了几遍"往者不可谏，来者犹可追"才平复心情，沈恕朝离他较近的月下无端走去。

月下无端见他来，又回头嘱咐了边上一个传令兵几句，这才长舒一口气："沈偏将，你可来了。我们都找不到你。"

沈恕不好意思说自己在马厩里睡着了，就转移话题道："你们什么时候把这些给准备起来的？连我也未曾想到这些。回去一定给你们记上一功。"

"沈偏将可知道这个'你们'指的是谁？"月下无端唇边

露出淡淡的笑意。

沈恕挑眉："难道不是你们几个校尉？"

月下无端将目光移向城内。此时大致的应战准备已经完成，只待衡军移动到弓箭射程之内，战斗就将开始。卖关子似的，他摇了摇头："这些都是某人的一己之力……"

"哦？是你？"

"不，是千校尉。"月下无端一边注意着衡军的动向，一边告诉沈恕，"昨日你让我们去休息，她忽然想到了这一茬，没有告诉我们其他人，便一人不眠不休地做好了。搞得我怪惭愧的。"

"往者不可谏，来者犹可追。"沈恕说。

"是啊。只是即便有了准备，我心里也不是很有把握。再怎么说，韩将军和几位副将都已经不在了，我们又都还太年轻。"月下无端喃喃道。

"温偏将怎么样？"

"醒了，看样子还不错，只是还得再休养几日。心绪仍是那样安宁。"

这时衡军却正好在弓箭射程之外停住了，临天纵横踱到阵前，似有搦战之势。

月下无端皱眉："沈偏将，若是他来搦战，我们得说些什么呢？"搦战是将军们的事，他们几个年轻人对此实在没什么经验。

沈恕回想了一下，不确定地回答道："大概就是'来者何人’，‘我某某某刀下不死无名之鬼’之类的吧……我也说不清。但我想，至少得先站到正中间去。”

两人不约而同地朝正对着临天纵横的那个方向看去，正好和另一边角楼上千陶非的视线相撞。三人互相点了点头，都朝中间走去。

还未等他们商量“搦战应该喊些什么”，临天纵横就剑指城墙，说道：“若你们实在无人能出战，直接降了，也行。”他身后的衡军很配合地发出一阵哄笑声。千陶非心直口快：“怎么没有？”

听到她清越的女声，衡军却笑得更夸张了。临天纵横听见她的声音，颇有兴趣地仔细打量了她一番，朗声道：“千校尉果然是爽快人。”说完，他便长剑一横，摆出时刻可以开打的样子。

千陶非发蒙了，结结巴巴地问沈恕：“他他他是不是要和我打一架？”

千陶非其实只是说了一句气话，就被理解成她主动接受了临天纵横的挑战。本来若她什么也不说，临天纵横就算真的想和她过招也不好意思开口。一个将军去邀战一个校尉，还是一个女人，怎么看都有挑软柿子捏的嫌疑。然而千陶非最大的缺点就是容易“气不过”，她开口几乎是必然的。

沈恕点点头：“他是准备好了要跟你打一架。但是你可以选择不理他。”

月下无端也按了按千陶非的肩膀，说道：“你刚才就不该回答他的。”

千陶非表情扭曲地看着临天纵横，总算没有脑子一热就跳下去。

临天纵横等了许久不见千陶非回应，笑道：“姑娘家，怕了也是情有可原的。”

没想到这句话竟深深戳进了千陶非的心里。沈恕知道千陶非一直以来都对世人对女子的偏见非常敏感，听了临天纵横这话就暗道不好，可没等他或月下无端做出反应，千陶非就抓起一旁拴在城墙上的长绳往外一丢，单手沿绳迅速滑下，咬牙切齿地喊道：“临天纵横！你若是不想被说成连个姑娘家都打不过的草包，就赶紧给本姑奶奶滚回去！”

城墙上的月下无端单手抚额，叹道：“她这性子，什么时候改得掉……”

沈恕的额上渗出冷汗，问道：“你不去把她给捞回来？单挑临天纵横的赢面能有几分？”

月下无端摇摇头：“没关系的，她有准备。”他伸手指向城门口的沙土道。

刚刚过去的一战在沙土道上留下了许多暗红的血迹和杂乱的划痕，沈恕定睛一看，就见沙土道上有个奇怪的圆形。圆形内部花纹复杂，却因为画得大而分散，又是混在地面乱七八糟的痕迹之中，因而不易被注意。沈恕一眼就认出那是之前把他困住的那个阵法，放心了许多。

城下，千陶非正和临天纵横激烈交战。临天纵横自小习武，自是身手不凡。千陶非虽然接触战场较晚，但因为刻苦，枪法也要得不差，再加上她有意要把临天纵横往阵中引，同时还不时扔出一些石子对阵法做最终的完善，颇不按套路出牌，令临天纵横有些忌惮。如此，千陶非竟然也挺了很久。

旁观的沈恕看她一面应付临天纵横，一面算着距离扔石子，还为了掩饰扔石子的目的，朝临天纵横也扔一些，以示自己扔石子单纯是为了干扰对方的注意力，不禁为她暗暗捏一把汗。

“阵法快要布完了。”月下无端眨眨眼睛，继续盯着地上那个神秘的图形。

千陶非扔出最后一块石子的时候，沈恕竟不禁屏住了呼吸。

仿佛操练过无数遍一般，那不起眼的石子沿着预定的抛物线，不偏不倚，落到了阵法的最后一角上。临天纵横似有预感一般，凌空一跃，本已被千陶非引入阵内，却生生偏了一尺，半身落在阵法之外。与此同时，地上的阵法似乎闪了闪，下一秒，临天纵横在阵内的半边身子竟不能再动弹。千陶非当即一枪扎向临天纵横胸口，临天纵横并未着重甲，这样一枪扎进去，不死也得去半条命。临天纵横自然明白这一点，他用那能活动的左手护住心脉，但左手未持武器，只得用护腕生生抗下了这一击。只听一声金属碰撞的刺耳鸣响，临天纵横的护腕就已经裂了。千陶非一击不成，再往临天纵横咽喉处攻击，不料此时侧面竟飞来一支羽箭，逼退了千陶非伸出的手。衡军终于反应了过来，顾不上什么以多对少有失风度，一人飞身上前拦住了千陶非，另一人意欲拖走临天纵横，却不料怎么也移动不了临天纵横在阵内的半边身子，大出洋相。临天纵横正好被那人扯到左手腕的伤口处，再加当众出丑，脸色非常难看，冷脸提醒那人先去破坏地上的奇怪图案。那人后知后觉地用脚猛蹭地上的深痕，可沙土地也硬实，痕迹哪里那么容易被蹭去？临天纵横不耐烦地大声说道："去把那些石头移开！"那人一拍脑门，踢飞了一块石头，临天纵横终于得到解脱，迅速撤去。那与千陶非交战之人也无心恋战，生怕自己也遭遇令他半身不遂的灵异事件，追着临天纵横去了。

场地上，一阵诡异的寂静。刚才的一切发生得太快太突然，发展又太过出人意料，许多人连阵法都没听说过，哪里能立刻接受得了大名鼎鼎的临天小将军被一个莫名其妙的图案困得如此狼狈的事实？不过，有些情况无须他们了解阵法也能判断。

片刻后，越城内的迟军爆发出一阵热烈的掌声！

而千陶非不知何时已经回到了城墙上，抱起双臂故作懊恼道："都被定住半边儿了，居然连胳膊都没被我卸下来，惭愧啊惭愧。"眉宇间却尽是得意之色。

月下无端斜睨她一眼："惭愧什么啊，现在你心里都快得意死了。"声音里是满满的笑意。

沈恕也笑了："千校尉厉害。"

唯一遗憾的是，千陶非的阵法技能已经暴露，杀临天纵横的最好机会也已经错过了。

以千陶非对临天纵横的了解，这家伙不会贸然就打没有准备的仗。今天吃亏于她的阵法，心中必定震动不小，短期内不会再回来。事实也确实如此。

这天，千陶非成了八军的英雄。从城墙上往回走的路上，不断有人猛拍她的肩膀。军人大都直率，对千陶非一个女子，似乎只有拍肩膀这一种方式能热烈而不失礼节地表达他们的感情。千陶非并不拒绝，却在终于摆脱大家后，故作不悦地抱怨肩膀疼。

月下无端提醒她她还穿着轻甲怎么会疼，然后头上便挨了某人恼羞成怒的一击。

仍拄着手杖的沈恕忍不住笑了，明明心情很好，却还终于很煞风景地提醒："别闹了，考虑考虑接下来怎么办吧。"

月下无端说："当然是尽力等到主力军来接应，然后再想法子出城和他们会合。"

千陶非说："先等到回信再说。"

"什么回信？"沈恕问。

千陶非一愣："不是说要把……他们的死讯和我们的情况先告诉霍将军吗？凭虚子那边还没有动作？"

"跟他提过好多次了，信却还没寄出去。"月下无端有些不耐烦地说，"他每次都是同一套说法——敌军围城，信息传不出去。不过倒也是，这时候递信出去，可不容易。”

沈恕皱眉：“那千校尉的骈瓶呢？那东西不是可以递信吗？”

千陶非摇头：“我用骈瓶联系过表哥了，他现在还在衡国处理事情，让他去报信，估计得延误半年。”

“那我们再去问问凭虚子，谈一谈行动细节。”月下无端皱着眉抓抓头发，“是我们疏忽了，这个时候递信多么不容易，凭虚子靠一己之力怎么能那么快完成？”

沈恕苦笑：“有你们在，我觉得自己好没用啊。”

“怎么会呢？沈偏将，你会这么想不过是因为你的脚受伤了，你累了，”千陶非温柔地说，“这些事情，我们都还能应付，你需要休息。”

沈恕默然。韩将军一直说沈恕比其他人更出类拔萃，可现在沈恕觉得自己在这两人面前不过是个普通的、懦弱的士兵。

他到底有什么不一样？他怎么就够资格让韩将军对他另眼相看？仅仅是因为他的仙术天赋出类拔萃吗？是因为他和千陶非相比，他是男子吗？

原来，一切的优势便是生来的拖累。沈恕想。虚妄的光芒太盛，真实的形影不清。时时刻刻都怀疑他人的赞美是出于错认了自己。

千陶非的源系仙术真的很差，刚来八军的时候，除了会骑马之外，没有显露任何的技能，还因为是女儿身遭到过种种偏见与嘲笑。甚至她救了桓倾为，桓倾为都始终不愿承认是千陶非救了他。

后来，大家就看着她一点一点地开始发光。看见她沉默地走完长长的征途而没有比任何一个人先倒下；看见她整天泡在练武场，一柄长枪渐渐舞出流星的轨迹；看见从尸体下爬出的她惨白的脸上满是血迹，在雪地里把重伤的月下带回军营；看见她羽箭一记三发，逼得敌方将领连连后退；看见她只身一人前往敌帐，从中斡旋，免去一场一触即发的血战……渐渐地，不服成了敬佩，偏见成了自豪。在这样的千陶非面前，沈恕隐隐地觉得自己似乎生来就是为了被超越。

他们一起去找凭虚子了。凭虚子仍是同一套说辞，越城被围得水泄不通，递情报不现实。

月下无端不满道："凭虚子，我们每次问你，你都是这样说的。我们又不是不知道敌军围城，可难道就因此放弃对外联络不成？这消息最初还是我带回来的，怎么现在倒成了你的借口了？"

凭虚子诚惶诚恐地摆摆双手："我不过是个管情报的，下一步怎么做，怎么出城，都由你们决定。属下……属下力量微薄，再怎么样也没办法让情报飞出去啊。"

沈恕拍拍他的肩："不要妄自菲薄，任何一个人都可以成为咱们八军的中坚力量。比如当年刚见到千校尉的时候，谁想得到她会有今天的成绩？你再好好想想。"

月下无端面露不耐烦的神色，冷眼看着凭虚子，淡淡地说："你的意思是，被困越城是我们武将的错，情报送不出去，仍是我们武将实力太弱？"

凭虚子拱手低头，轻轻地说："韩老将军和几位副将毕竟是去了嘛……"月下无端冷冷地盯着他，凭虚子不敢抬头。

千陶非笑道："凭虚子，你别紧张，我们今天来找你，就是想和你谈谈怎么把情报送出去，我们希望听到你的意见。"

凭虚子仍未抬头，说道："像往常一样让人把情报带出去风险太大了，信息会被衡军劫去的。"

千陶非点头："源系仙术中不是有一类可以飞遁的吗？八军中总有人有这样的仙术。让他去送信，成功率就大很多了。"

沈恕微笑："你说的有道理，凭虚子似乎就是这样的一个人。"

三个人同时看向凭虚子，凭虚子脸色一下子变得惨白。他连连摆手，连连后退："我……我胆子小……我只是个管情报的啊……肯定还有别人有这项仙术，我会坏事的……"

月下无端面露愠色，千陶非叹了口气。

沈恕温和地说："凭虚子，你瞧，拥有这项仙术的人并不多。你是其中官职高又有头有脸的世家子弟，若是一个名不见经传的家伙去送信，就算送到了，也惹霍将军他们怀疑。"

凭虚子颓丧地听着。虽然飞遁着去送信成功率并不低，但仍有被俘虏甚至被杀的风险。凭虚子一向不愿做任何有可能危及自己生命的事。

沈恕再三向他保证了一切最完备的接应，又仔细论述了凭虚子此行的重要性。

半个时辰后，凭虚子终于不情愿地应下，当晚写下了遗书，权当作最后的无声的抗议。

半个月后，凭虚子全须全尾地回到越城，所做的第一件事就是烧掉了那封愚蠢的遗书。

那时已经是广安三年的九月了。

临春城·追溯

一

啸声尖锐

刺破一切时空　无所遁形

我们试图埋葬的终将埋葬我们自己

而遗忘者得到原谅

是在重现之前

二

原来山也可以这样

巨大的宁静　悲伤

有限的水流

终日流淌

听说爆鸣从西方传来

月亮落下的地方

年轻的血液汇入河川

泛出鞘的寒光

眩晕是一半

另一半　自莽莽烟尘中走来

三

借由时空的隔离

所有知情者都在一夜间死去

一个人远行　远行或是逃离

皆出于误导　误导或是指引

将脆弱认作少年恣意

将伤痕淡化　融进麻木的阴影

正如我所说——

所有知情者都在一夜间死去

而背负嫌疑的人

归期不明

……

印象里，千堂昭好像受过一次很重很重的伤。

原因是一个错误，一次极其失败的尝试。后来那念头就被深深压入记忆的底层。

离开临春城的那一刻，就知道自己终是选择了逃避，残忍的记忆被忘记，直到一切重现。

横关城·归来

“今日请你们来是要商量一下出城的事。”千陶非站在沙盘后，语气淡然地说。

所有人都是一副“这件事终于要发生了”的复杂表情。

凭虚子上前一步：“将军，恕在下直言，衡军实力太强，我们贸然出城，只怕死伤惨重。”

“这些我当然知道。并且，是的，他们不会放弃我们八军。但若我们仅仅是在城里坐等援兵来救，不仅消耗主战场的兵力，我们自己的粮草也不一定够撑到那个时候。”千陶非冷冷地扫了在座各位统领一眼，他们中的大部分似乎都和凭虚子有一样的顾虑。八军多是皇亲贵胄，从组建起就被各位前辈灌输生命的重要性。加之战斗力很一般，几乎也没被分配过特别危险的任务。“打仗怎么可能不危险？”千陶非反问，“我们这一军被保护得太好，你们是不是都忘了，险中求生是战争最平常不过的状态？”

沉默。

月下无端清朗的声音适时响起：“你们还记不记得两年前的越城一役？你们还记不记得……沈恕？”

听到这个名字，在座的各位都似乎想起了什么，神色凝重起来。

徐奉惋惜地摇摇头：“唉……沈偏将……”

千陶非的心里也莫名一震，重重情绪翻涌而上。沈恕……是对她来说很重要的人吧……

但她终究还是什么也想不起来。她定了定神，继续说：“出城的计划并不复杂，真正做起来却有难度。我想，待援兵到的那天，令五千人造出全军两万人的声势，往西边去，吸引于酌斟的主力军。另一万五千人往东边撤离。援兵则去支援那五千人。伤亡一定不会是个小数字，但这已经是最好的方案了。”

他们又商讨了一些行动细节，然后千陶非开始点将。她首先就把自己分去带五千人的那一支。这支队伍冒的危险最大，身为主将，她有必要身先士卒。月下无端却强烈要求千陶非和他交换，理由是虚张声势这种事是他月下无端最会干的。其他人包括温行正在内也纷纷表示认可。

“而且，我只要两千精兵。”月下无端补充道。

千陶非睁大了眼睛：“两千？你疯了！”

“听我说，”月下无端耐心解释，“首先，我有把握用两千人造出两万人的声势……”

“那若是你们和于酌斟的主力军打起来怎么办？你是不打

算活着回来了？”千陶非微怒，“你本来就病着，还只带两千人，想死吗！”

月下无端笑了笑：“我才不想死，我还想和你白头偕老呢。”

“月下副将，注意场合。”桓倾为提醒。

徐奉在一旁向每个人抛去促狭的眼神，挨了朱安砚一个白眼。

月下无端耸了耸肩：“还记得我们昨天看到的那个水潭和瀑布吗？”

千陶非点头。

月下无端接着说：“早晨我又去那里看了看。那水潭地势较高，位于横关城的西南方，瀑布挂到横关城外。如果我们把衡军引过去，再把那块岩壁给炸了，水潭里的水就能把他们冲得溃不成军。”

“想法很好，但如何实现？”朱安砚问，“说说细节，比如你该怎样引爆炸药，我们自己的人又该躲哪里去？”

“留一部分人手在城内，准备好吊篮，战斗中分批把他们拉到城内。至于炸药引爆，用凝火术就可以。”

温行正挑挑眉：“飞火？”

“飞火”指将手中凝成的火球抛出，火球却凝而不散。这需要强大的仙术操纵力，否则火球离开手心后就很容易消散。

月下无端点点头，右手一握一张，便是一个青白色的火球。他缓步走到门口，掀开帐子，将火球朝外一抛。井水一般清冽幽深的夜空上，一道青白色的轨迹一直飞了很远。徐奉夸张地“哇”了一声。

“可两千也太少了吧，端哥你不是还有些发烧吗，别逞强啊。”众人归座后，桓倾为说。

徐奉也叩了叩桌子：“月下副将，别一心想着要以少胜多立奇功啊！万一有差池岂不是要害死人？”

范演附和道：“并且两千这个数字太不吉利。”

月下无端释然一笑：“有什么吉利不吉利的？我可不信这个。”

千陶非疑惑地看向月下无端，还没等她从他那里得到解释，徐奉就大声说：“对啊！两千不吉利啊！沈偏将当年就为了掩护我们离开，带着两千人马西出越城！后来就……”

就连一向淡定的严观都正襟危坐了，说道：“一样是破城，一样是朝西，一样是两千人……”

“这很不妥啊，月下副将！”桓倾为连拍桌子，言之凿凿，“沈偏将那么厉害都……你们要是也全军覆没了怎么办？”

一时间，满帐的人都躁动着议论起来，温行正不得不起身示意大家安静，好让月下无端说下去。

月下无端倚在椅背上，食指轻叩扶手，笑眯眯地说：“不会有事的，我很有把握。况且，人太多的话，撤离也不便啊。”

千陶非还想说什么，突然又想到自己前段时间刚刚清醒的时候说自己不怕危险，一定要上战场的事。月下无端虽不希望她去，最后还是松了口，“你若真想好了，就放手去干”。面对眼前的情形，她又该如何表态?

她将缠了绷带的左手轻轻放在了月下无端的右手背上，用力按了按，说：“你若真想好了，就放手去干。”

月下无端倏然抬头，琉璃瓦一般的绿眼睛流出瞬间惊喜的笑意，下一秒就伸出左手揉了揉千陶非的头。千陶非重重地把他的左手拍在了桌子上，恶狠狠道：“喂，跟你讲正事呢!”

朱安砚的眼神一直斜斜地瞟着他们那边，这会儿又熟视无睹地移开，他说：“还有一件事，我们需要和援兵取得联络。衡军围城，稍不小心，情报就要被劫去……”

凭虚子起身拱手：“明白，属下亲自去办。五日之内必能归城。”

正事讲完，众人离开后，月下无端仍不离开，抱臂问道：“你就这么支持我去带这两千精兵？我要是真出事了怎么办?”

“不是你自己要去的吗!”千陶非眨眨眼，“我是在对你表示信任，不好吗？你担心我，却还是相信我不会胡乱做决定，我记忆还没恢复，你就敢放我上战场。现在你既然这么笃定你可以做到，我为什么不让你去？就因为那个所谓的不吉利吗？你说你不信这些，巧了，我也不信。”

月下无端低头微笑：“雀儿，谢谢你。”继而话锋一转，又问：“可我要是真死了怎么办？”

千陶非无奈地摇摇头：“别说这些有的没的，小心一语成谶。不过话说回来，沈恕到底是谁啊？”

月下无端笑意一敛，说道：“他啊……是个天才，是个英雄呢。”

“沈偏将是个全才，他什么都会，仙术极好，会指挥，会过招，枪法和箭法都是一流的。韩将军可喜欢他了。除了这些，他还会吹叶哨，会泅水，会做文章，就连做的饭也特别好吃……我没见过他拿不出手的技能。”月下无端双手托腮，缓缓地说，“那样令人嫉妒的一个人，性格却偏偏好到让人恨不起来。沈偏将总是很谦虚，对我们也很温和。我们犯了错，他虽严厉，却永远不会对我们乱发脾气。遇到什么事情都把我们挡在身后，却也从不限制我们表现的机会。但他仍总是会内疚，把所有的错误揽到自己头上……”

千陶非闭上眼，安静地听着。记忆的碎片中是一片火红的夕阳，那张模糊的面容在泪水的背后朝着她笑。

很久以前，好像有无数个白天或晚上，那个人和她一起坐在高处，为她指点着战场的形势。千军万马的走势都和他的描述一模一样，恍若尽在他的调遣之下。

曾经来过，又曾经离开。

“……广安三年，我们被困越城三个多月。韩将军和四位副将为了我们而战死，连头颅都没能抢回来。眼看着五万余人就要生生被困死在城里。最后，是沈偏将带两千精兵牵制了敌军的兵力，我们才得以杀出一条生路。沈偏将和那两千精兵却全军覆没了……后来临天纵横把他唯一的遗物还了过来，就是你腰间一直别着的这把匕首。”

千陶非一愣，随后取下了那把匕首，放在桌上。匕首性能还不错，造型拙朴简单，普通到千陶非都纳闷自己为什么会一直佩着它，如今终于知道了原因。

月下无端轻轻拿过匕首，指了指匕首柄底部刻着的两个小小的字：沈恕。

随后月下无端起身离开，千陶非起身相送。她为他掀开帐帘，月下无端走进如水般凉的夜色里，与她道别。千陶非忽然揪住了月下无端的袖子，另一手摸摸他的前额，蹙眉道：“好是好多了，但……”

月下无端轻轻地将她的手移开，粲然一笑：“无碍。”

出战那天，千陶非牵着八两在烈日下看着月下无端朝远山而去，墨绿的发色和山色融在一起，一种隐隐的预感在内心升腾。但她最终什么都没有表示，故作镇定，不再看他，回身淡淡说了一句：“走吧。”

千陶非他们朝着东方潜行而去。双耳捕捉到的些许声音表示，衡军，至少是衡军的一部分，已经被吸引向了西边。千陶非心中的隐忧却越来越重——不仅仅是为了月下无端。于酌斟老奸巨猾，心计颇深，必然留有后手。他们怕是没办法一路顺利地撤走。

一路沿着山的轮廓前行，一路沉默。在最前面探路的凭虚子忽然阻止了全军继续前行，他对千陶非耳语道："绕过这道山脊，晁妄带着约莫两万人马候着，怕是早有准备。"

千陶非面不改色地说："通知各位偏将、校尉按原定计划做好准备，我们正面对敌。"

凭虚子一愣："我们原定计划中预估对方的人数在一万人左右，如今形势有变……"

"不然怎么办？"她反问，"缩回横关城去？"

凭虚子拱手应下。

知道两万人正在山脊背后等着，千陶非却是放宽了心。于酌斟那边共有三万人左右，自己一万八对上两万，另一边月下无端两千对上一万，压力总归比预想的小一些。千陶非也不太畏惧晁妄和那两万人，因为于酌斟不在这边，而晁妄是个很没有脑子的。想到这里，她又想唤回凭虚子，凭虚子则正好折返，说是范演问了几个行动细节。千陶非一一作答后才又对他说道："我们先按兵不动，等晁妄沉不住气，自己冒出来——我先布个阵。"

凭虚子走后，朱安砚提醒她："你失忆了，可能不记得，如今衡军上下都知道你会阵法，但凡留意到地面上有什么奇怪的形状，半步都不会踏足。你现在布阵怕是没用。"

千陶非说："我就是要他们不敢踏足。"

朱安砚瞬间了然，赞赏地笑了笑。

千陶非用自己的长枪在地上刻下几个深深的半弧，又装模作样地摆了几块石头，插了几面阵旗，乍一看好像真的布置了什么了不得的阵法。

霍鹂儿见此，跑过来认真看着。

千陶非摸摸她的头："感兴趣的话以后教你。"转头又对朱安砚说："衡军以为这些是阵法，必然不会踏足，行动受限。你传我的话下去，说这些阵法对迟国人无效，让大家该怎么打就怎么打。"

时间有限，千陶非来不及布置真正的阵法，只能诈一诈晁妄了。

果然，终于大呼小叫着冲出来的晁妄及他的人马很是忌惮地绕过了那些刻痕和一切看起来诡异的东西，想来以前在千陶非的手里吃过大亏。千陶非自信一笑，长枪迎上晁妄的戟，兵器相接发出脆生生的鸣响。刚才还一片沉默的城外随着这声撞击在瞬间爆发出战斗的音效。千陶非找了个时机抢上战马。

晁妄虽然有点轴，但是孔武有力。上一次晁妄为了佯败并未使出全力，这一次却不然。千陶非能明显感觉到秘上所承载的强大压力。好在晁妄受到"阵法"的限制，发挥不甚自如，千陶非还完全可以应付。但她的心里却沉沉地担心衡军发现阵法是假之后局势会突然反转。再怎么说，于酌斟一军的实力确实比他们强。

千陶非惊险地避过晁妄的一戟，又一枪扎向对方的心脏，却险些被晁妄抓住枪杆反夺过去。千陶非双手抓镎一扭，略扁的矛尖滚着擦向晁妄的手，这才骗得他略松了力道，千陶非抢回自己的枪，心有余悸。晁妄的戟虽灵活不足，力量却太强，几乎是一击必杀。千陶非努力不流露出忌惮的神情，舞着长枪朝晁妄逼去。晁妄的身后就是“阵法”，为了不被逼入阵法，他不得已跳下马来，却又足下一绊，趔趄着闯进了阵法的范围。

千陶非暗道不好。果然，晁妄的脸上闪过一丝慌乱，几秒钟后却发现了阵法的不对劲。他咬牙切齿，大喝：“阵法是假的！该死的小娘儿们！”他扛着戟气势汹汹地朝八两的马腿砍去。千陶非一提缰绳，八两前足抬起躲过。晁妄气急败坏，提着戟朝千陶非乱砍。千陶非也不逞口舌之快，挑着枪就朝下捅。下马打斗虽然灵活酣畅，却比不上骑兵居高临下的强势。晁妄很快意识到这一点，重新跳上马，只一击，千陶非便被震得虎口发麻。

正打得难解难分，忽有一传令兵对晁妄大喊：“晁副将！捷报！迟国西边的那两千人马，被于将军杀了个片甲不留！”

晁妄哈哈大笑：“小子，消息可确定？”

“确定无疑！于将军的刀下不留活口！”

千陶非动作一顿，五感忽然一片空白。

那月下无端……

头脑里像被乱石打过的池水一样，千陶非一手抚头，咬紧牙关，坐在马上都有些不稳。她一遍一遍地劝说自己不要相信，这都是对方刻意为之的计策，心里却好像被开了个大口子一样怎么也止不住地涌血。

万一……她绝望地想。

万一这一切都是真的，历史重演，月下无端已死，从此天人永隔。

是她的错，她若是坚持让他多带些人，结局可能不至于如此……

熟悉的胸口绞痛感，追踪着因果穿越时空刺来。纷乱地盘旋着的光影仿佛一下子受到了召唤，从高高的天际俯冲直下，记忆终于完全恢复。

出城的硬仗不可避免。是啊，总不能被困死在这里。

沈恕的脚伤已经痊愈，凭虚子也终于和主力军取得了联系。凭虚子回来后，沈恕很快就召开了会议，也很快就得出了那套经典、有效，却也残忍、无奈的战术。

少部分人虚张声势，吸引对方一部分的兵力，剩下的人杀出越城。

数量大且不可避免的伤亡。

可是他们没有办法。不走这条路，全军五万人面对的都是一死。

那个“少部分人”的具体数字，被沈恕最终确定为两千。两千人伪装成五万人不现实，沈恕的想法是，让敌人以为军中的官宦子弟都已混在其中，预备悄悄护送着离开。这样的两千人可比余下的四万多人来得有诱惑多了。临天纵横用兵一向谨慎，为了那两千护送官宦子弟的兵马，普通士兵只怕得拨出一万，若是精兵，至少也要四五千。他的兵力最近也正好吃紧，衡国另一线作战不力，他那边由原本的五万五千被抽调成了四万五千，再去掉四五千精兵，就只有四万左右。这样一来，迟国主力军面对的压力仍不小却也已经大大减轻，值得的。

沈恕在点将的时候，毫不犹豫地让自己分领两千人的那一军。这不仅是出于所谓的“牺牲精神”，更是因为这一军责任重大，由别人来带，沈恕不放心。那两千人的选拔以自愿为主，当沈恕看着一张张普通而熟悉的面孔出现在队列之前时，他激动地朝他们鞠了一躬。沈恕一直担心韩将军他们五位去了后，八军的凝聚力会不如以前，他一个小小的偏将暂统五万大军，无人指点他如何去做，他也没有过人的才智，没有四两拨千斤的妙计，无可奈何想出这样的战术，能得如此支持，真让他产生了一种热血沸腾、虽死无憾的感觉。

那两千人活下来的概率是不太高的。

沈恕的心情却出乎意料地平静。他在战场上也有些年了，曾多次设想过自己战死的结局。然而当他真正面临这样的危险时，他却连一丝紧张也不曾感到。来不及想象亲友可能会有的悲痛，来不及想象无福享受的美好前程，来不及想象戮颈穿胸的疼痛和绝望，只一味想着：这便是天命所归了。思虑少了后，心态也便轻松了很多，反正无论如何，这两千人的领队都非沈恕莫属。沈恕想，生死由命吧。

那天，桓倾为、范演、徐奉也私下里来找了沈恕，表示愿意加入这支敢死队，戴罪立功。尽管猜到这三人可能看准了沈恕不会让他们去冒险才大着胆子来请命，沈恕还是心中一酸。

“我不会允许你们去的。”沈恕说，“你们三个若是被俘虏，八军会陷入更大的麻烦。”

徐奉天真地说：“沈偏将，没关系的，我们不会被抓的。”

只怕这不是你想不想的问题。沈恕暗想。但他还是耐心解释：“你们三个身份特殊，一旦出事，还要拖累别人来救你们。有你们在，掣肘太多。你们若真想戴罪立功，就跟着大部队一起破城，平平安安地出去，韩将军就不算是白死。”

徐奉似懂非懂地点点头，桓倾为若有所思，范演突然发问：“沈偏将，你会一去不还吗？”

沈恕说：“可能吧。”

“生来孤身世上走，无牵无挂亦无忧。”

那短短的数个时辰里，沈恕曾真的以为自己可以有如此胸襟。可在他见到雀儿后，就明白这首诗所寄托的仍是一种期望，而非气度，就同舒尊的本意一样。

沈恕明白千陶非其实从未认真思考过他在短短数天后战死的可能性，因为雀儿心里的沈恕是永远能化险为夷的。她曾提起过沈恕和她的二哥一般大，沈恕在她心中的形象大概就和儿时她二哥在她心中的一样，身具戏剧性的无敌。等她接到沈恕的死讯，她甚至可能因为这一切不符合自己对沈恕的认知而自动将噩耗理解为一个误会，连泪也不曾流，就与沈恕擦肩而过了。沈恕胡思乱想着，觉得如果真是这样倒也不错，他总归是见不得雀儿流泪，哪怕是为了他自己。

雀儿是个率真的姑娘。世人对于战场上为数不多的女子总抱有一种从戏折子中来的思维定式，认为她们坚毅顽强、潇洒英气，同男子一样有泪不轻弹。雀儿显然就不是个中典型。英气则英气矣，她并不避讳流泪。她坚忍、不服输、大方、理智，却也从不掩饰自己同一般少女别无二致的天真多情。

桓倾为三人走后，接踵来请命的就是她。

沈恕温和地说："你绝对不可以去。"

沈恕不会让他们去冒险，桓倾为等人和千陶非不可能不明白这一点。沈恕知道他们为什么仍来请命——因为他们没办法眼睁睁看着沈恕一去不回，觉得不能什么都不做，但又无能为力，只好前来，被沈恕亲自拒绝，然后那种莫名的内疚才会减轻。

那天，沈恕像这样拒绝了几十个人，语气皆坚决得不留一丝余地，但唯有对千陶非说的那句话最为真心。

月下无端不在沈恕拒绝的人之列。沈恕知道月下一定很明白这闹剧般的一连串请命和拒绝中的道理，并且不认为这样做有什么实际的作用。和其他人比起来，月下总是更理性和客观，或许这就是千陶非对待他有一点不同的原因。

但是在沈恕出征的前夜，大家围在篝火旁为他壮行的时候，月下拿出了尘封已久的玉笛。

那支玉笛是他以前常常吹的，玉质斑驳，很是普通，做工却异常精致。开战之后就再也没见他拿出来，沈恕还以为他把玉笛留在祁郊北营了。此刻他又拿出玉笛来，笛膜明显是新近更换过的，声音很清亮。一曲毕，周围鸦雀无声。篝火忽明忽暗，有些人的脸上竟有了泪痕。

“沈偏将，此曲敬献给你，预祝你凯旋，加官晋爵。”月下无端郑重地说。

沈恕只是说：“不要光忙着关心我，你们那一边也是危险重重。记住，无论面对什么形势，都不要慌了阵脚。千校尉你千万控制住自己的脾气，不要那临天纵横用话一激，你就忘记逃跑转身去和他拼命。”

众人低低地哄笑起来。

千陶非抱臂道：“沈偏将也给我留些面子啊！”

月下无端轻推她一把：“你这性子迟早得改，不然以后所有人都知道对付千校尉要用激将法！”

沈恕专注地凝视着千陶非，忽而笑道：“是，确实得改。”他环视着众人，交代道：“桓倾为、徐奉、范演，你们三个也绝对不许再冲动。上次你们太过冒进，将亲兵都折损了，这一次可没有那么多人围在你们身边保护，自己小心些，务必务必不能被俘虏。凭虚子有这样的仙术傍身，逃跑必定没问题，若是见其他人有危险，也请务必伸出援手。”

凭虚子低头，似是下定了什么决心，大声道：“有沈偏将先身士卒，我辈必然也不会贪生怕死！”

沈恕欣慰地拍拍凭虚子的肩："凭虚子，以前你总说自己胆子小，现在终于……"

"我还是胆子小。"凭虚子轻轻地说，火光映得他瘦削的面颊半明半暗，"但我会尽力的。"

沈恕又依次关照了温行正、严观等许多人。最后他转向了一直沉默在火光照耀之外的朱安砚："朱小军师来八军时日尚短，对很多事情都不熟悉，这次就跟着月下吧。"

黑暗中，沈恕看不清朱安砚是否点了头，只听他说道："沈偏将，你自己也小心。"

沈恕感激地笑了笑，最后正襟危坐，严肃地说："离开始行动只剩下约一刻钟的时间了，在此，沈某对各位公子有一个不情之请。请你们确保随身携带了匕首一类的利器，一旦被敌军所俘，无转圜可能，立刻自戕！"

一片沉默。

沈恕接着说："我知道，我们迟国的各位将领、你们的家族，包括皇上，都不可能赞成沈某的观点。他们的立场特殊，就算心里不愿意为了你们中的某几位而牺牲更多，也须顾及声名，不会放弃你们。但这样必将消耗更多的物资，牺牲更多的士卒，陪葬更多的城池。战争形势吃紧，迟、衡彼此制衡，如若这平衡之势被迟国国力的削弱打破，后果可能是万劫不复！今日，沈某就来做这个坏人，请各位务必以家国为重！"

夜色中，突然只剩下了篝火燃烧的噼啪声。

见大家神色各异，面面相觑，沈恕又缓和了语气："不用担心，我们的安排都以各位的安全为重，你们被俘的概率很小。就算被俘，也有被重新救回来的可能。我刚才所说的是最坏的情况。"

沉默终于被打破，众人抚胸的抚胸，嘘气的嘘气，皆大大放下心来，篝火边又东倒西歪成一圈。

而看着这一切的沈恕，忽有些不忍地别过了头，未适应黑暗的眼睛眺望群山的方向，却只见到暗沉沉的夜幕上浮着火光的残影，像一枚在水中被打碎的月亮。

他叹了一口气，又不放心地补充了一句："两千人一军先行动身，剩下的人以画角声为令。"

当沈恕起身走入沉沉夜色的时候，篝火旁又陷入了一阵沉默。

临春城·因果

爆鸣将重重的时空撕裂，强劲的气流自四面八方掀起。

千陶非下意识地一把捉住秦陌璃的手腕。温柔的月白色升腾上浮，沿着两人的轮廓闪着光芒流动。爆鸣在一刹那被隔离，仿佛置身水底一般，千陶非轻轻地沿着气流的方向落地，毫发未伤。

秦陌璃也坐在地上，愣愣地看着她。

恍然间，千陶非似乎想起了什么，惊跳而起，叫道："昭昭！昭昭呢！"她沿着山体缓和的弧度朝刚才气流的方向边跑边找："千堂昭！你在哪里？"

发现千堂昭没有花很多时间。他伏在一块大石旁，撞在石头上的那条腿弯曲成一个不自然的反弧，那一块的衣物洇满了血。千陶非惊叫着去扶他的头，才微微一动，千堂昭就痛苦地闭紧了双眼，嘴里淌出一大摊血来。

这一年是奉平七年，千陶非十四岁。

这是她下意识地不肯回忆起来的一年，最终的结局。

其实千陶非从未真正理解过秘籍后半部分的那些被归类为“间位”的阵法。秘籍上的图例和以往的形式有所不同，说明又很模糊，即使是看起来最简单的散形无痕阵，也有许多存疑之处。千陶非曾想着既然搞不懂就不要在意了，顶多当这后半本书不存在吧，但当她将前半本书为数不多的七八个阵法尽数掌握后，那神秘的散形无痕阵就从黑纱之下伸出了诱惑的手。

千陶非根据自己的猜想补全了阵法，十四岁的她充满没来由的自信。在无数次心痒难耐之后，她终于说服自己：尝试一次不会带来任何问题。

根据她的理解，散形无痕阵还需要两个人的配合。千堂昭从来不会拒绝给予姐姐必要的帮助，而涯轻尘长年在外，另一个人无疑就是秦陌璃了。

可千陶非怎么也没有想到，这次尝试竟带来了这样的结果。

记忆中还留存着很多年前模糊的一幕：一个朗朗的白天，一切突然就变得嘈杂，医者和仆人进进出出，血水一盆一盆往外端。突然间，一阵胜利的欢呼，父亲怀抱着那小小的婴儿蹲身到她面前，襁褓中微皱的小脸竟和她如此相像。

眼前是场景再现般的重合：医者和仆人进进出出，血水一盆一盆往外端。坐在前厅的千陶非移开视线，那殷红的颜色让她看了就眩晕。门大开着，苍白的光线晃晃地照进来，她往椅背靠了靠，仍有强烈的不适感。而其中与多年前的一幕最为不符的是，整座房子都极其安静，连一声咳嗽都不曾听到。仿佛那层白色光幕再次升起，隔断一切声音。这样的无声通常是终结的预兆。

忽听到母亲由远及近的脚步声，千陶非飞快地跑出了门。直到夜里，她才在仓库的一个大瓷缸里被母亲发现。

惶惶的日子持续了数天且每况愈下。尽管千陶非的无心之错得到了父母含泪的原谅，她仍沉默着顾自逃避。但无论她如何闭目塞听，她都能敏感地察觉到，千堂昭已濒无力回天的地步。

涯轻尘拖着包神尊出现在千府的那天，千陶非一早就独自去了祁城。她在祁城到底看到了什么又做了什么已经不得而知，唯一明确的记忆就是她一回家就宣布自己即将参军。

包神尊走后，千堂昭的身体开始缓慢地恢复。千陶非却依然不去看他，甚至不再提起。又过了一段时间，千暮山也去了一趟祁城，回来后就默许了千陶非的想法。千陶非动身的前夜，千暮山交给她一张长长的清单，上面列满了临春千家所有的产业和人脉。千陶非拿着清单，震惊地愣在当场。

产业先不提，那寥寥数行的人脉就无不如雷贯耳，连着排的月下氏、印氏等祁城大姓后，还附有一行小字，含蓄地表示皇上与父亲的关系也不错……

她从不知道，临春千府这一座不大的三进小院竟有如此丰厚的家底，更不知道一天到晚不是瓷塑就是琴棋书画的父亲在祁城有如此人脉！

千暮山见她如此，淡淡地解释道："早年在祁城待过一阵子。"他两指相并一指，烛台上三支蜡烛瞬间熄灭，然后他一边缓步朝书房外踱去，一边说："早些睡吧，明天给你送行。"

凌晨，当千陶非无声地推开角门之时，天色还浓得像靛青的釉彩。凌晨的临春城静得恍若置身井底，那么陌生，那么熟悉。

回望这座生活了十几年的宅子，最终还是决定不辞而别。

她走向被微光揭开一线的东天。黛青色的群山托着云霭坐在近在咫尺的远方。山前的长桥畔有可以去往天下的车船。远方从未如此真实且触手可及。

灿灿的浅蓝色天光无声地掀过她的头顶，奇异的光线具有溶蚀的魔力，她每走一步便磨损掉一部分记忆，直到彻底忘记自己远行的原因。

横关城·惊悟

临春城、爆鸣、血、夜色……

祁郊大营、沈恕、疲惫、极限、战况、淬炼、越城……

功勋、将位、卷土重来、横关城……

一连串突至的记忆中，最强烈、最鲜明的竟不是千堂昭的重伤，不是越城的鲜血与永诀，而是那个散形无痕阵的排列！

双重夹位，十四阵子，三子重合。

曾经熟读成诵却从未领悟的阵法锐利得像一把刀子，刺破回忆与遗忘，开了锋，逼在她眼前。

“时间就是平衡。”遥远的声音涟漪般泛起，一根时间轴忽从脑中电光石火般通过，串起了数年前她关于散形无痕阵的所有疑点，引发一连串小小的爆破。

晁妄仍在放肆大笑，不知为何，千陶非竟也冷笑起来。她将枪尖点地，从容跃下马，喊道：“晁副将，一直在马背上打多没意思，我邀你下马一战，你敢吗?”

晁妄岂会不答应！同样在地面上，占优势的绝对是身材高大的他！虽然眼前这小娘儿们还颇懂阵法，但晁妄不会让她有机会在地面上布置出任何完整的阵法。

尚跃在空中，晁妄就一戟朝千陶非劈去，千陶非迅速后跃，晁妄提戟逼上，千陶非再一跃，以枪扫开晁妄的戟。

晁妄骂了一声：“就知道跑！害怕了吧！你晁爷爷可不是好糊弄的!”

千陶非不答话，一边应对晁妄的挥砍，一边计算着下一个点位，往返跳跃着。

晁妄也终于发现不对劲，却不明白千陶非是在干什么，只好将此理解为千陶非妄想用这奇怪的跳跃战术扰乱自己。

千陶非可不给晁妄深思的机会，当她绕回出发点的时候，刚才她所经过的复杂线路竟凭空刮起了细风，而刚才还提枪站在那里的她本人突然消失了！

散形无痕。

隐身的几秒钟里，千陶非好像进入了一种漫长的回溯状态，阵法引起的不自然的对流风在她身侧像飞鱼一样迅速穿行，那么多年前的每一个抱着阵法秘籍坐在青石阶上的下午，那一度被遗忘的临春城的时光，都亮亮地闪烁在眼前。就连最后的误解和错误的尝试都镀上一层金边，而那数年来被她刻意遗忘的金边其实已经是她触到正解前的最后一阶。

一直以来，她将三子重合理解为空间的重叠，可那实际上是时间的重合。正如她时隔多年因再次感受到同当年一样的痛心和自责而在刺激下寻回记忆一般，散形无痕阵也在往返踏足回到起阵点的那一刻生效。只要快速地依次在内部的三子间走位，阵法即成。

最具冲击力的往往是时过境迁后的重现。

可若是当年在极近真相时没有选择将其遗忘，这一天是不是会来得更早些?

千陶非不再深想，左手摸向腰间的匕首。

晁妄从未见过如此不可理喻的情景！当横空而出的匕首削下他的头颅之时，他的嘴仍因惊讶而保持着微张的状态。

几秒钟后阵法迅速失效，千陶非抓着晁妄的头发把头甩到凭虚子手里。只听得大家高声欢呼，霍鹂儿的声音尤其突出。千陶非简单地拱了拱手，来不及庆祝，交代了朱安砚几句，就上马要奔向西边，临行时回看自己这近两万人马却又有些犹豫。温行正走来轻轻拍了拍八两的马身，让千陶非放心去，这里还有他守着。千陶非感激地点了点头，立刻策马而去了。

行至半路，淡淡的血腥味便顺风而来。千陶非皱眉，忽想起于酌斟说不定还未走，便下了马，尽可能快而无声地前行着。走出短短一段距离，血腥味的浓度却大大提升。千陶非心一沉，虽记挂月下无端的安危，但还是稳住自己，没有策马奔去。

一具、两具、三具……

地上的尸体越来越多。尽是神鸟的子民，熟悉的面孔。千陶非眯眼绕开，不让自己有机会看到更多的细节。

走到城墙的拐角处，她忽然停住了脚步，不敢继续向前。刚才的这一路，除了越来越近的瀑布水声之外，她没有听到任何声音。于酌斟到底是离开了还是在暗中埋伏？她是否从一开始就落入了对方的圈套？

于酌斟若是未离开，那倒正好可以炸了岩壁冲他一个猝不及防。千陶非虽然无法用飞火引爆炸药，但可以凑上去点燃并保证自己毫发不伤。数年前的那一次不正是这样的吗？阵法出错，气浪阵阵袭来，她右手拉住最近的秦陌璃，几乎下意识地伸出左手挡在眼前并释放凝火术。左手的纱布在那天她筹备阵法，到处搬石头的时候磨损得几乎脱落，已经失去对凝火术的限制能力。月白色的光球在接触到气浪之时，即刻熔化成一层月白色的光芒，覆盖她和秦陌璃周身。

她并没有将此事告诉父亲千暮山，因为她很明白自己和秦陌璃安然无恙是拜何所赐。

后来她从着火的粮仓里救出了昏迷不醒的桓倾为那次，也是凭借溟系仙术。事后她的说法是找到了一条安全的路径出去，然而实际上当时的粮仓烈火熊熊，无处可逃，她借着特有的溟系仙术，扛着桓倾为蹚火而过。

但即便有仙术护身，她也不能轻举妄动。毕竟仙术都不能长时间使用，不然会脱力。最好还是先搞清楚于酌斟到底在什么地方，再制订方案。千陶非忽就后悔自己来得太过莽撞了。单手扶着城墙，她又猛地想起之前还在城里留了一部分人以便接应，不知道那些人还在不在城中。这么想着，她的目光沿着古旧的城墙向上移去，于顶端一下子对上了一双浓绿的眼睛。

她如释重负，无声地笑了。

月下无端放下一段绳子。绳子是准备接应用的，上面打好了方便攀爬的绳结。千陶非将八两拴在一棵小树边，缘绳而上。月下无端伸出一手，虚扶了她一把。

“全军覆没是怎么回事？于酌斟呢？”她压低了声音急急问道。

月下无端的脸上少见地没有笑意：“你已经知道了？对，差不多就是全军覆没了。”说完这句话，他又张了张口，却没有发出声音，似乎想说什么难以启齿的事。

千陶非静静地看着他，直到此时才发现月下无端的异样。

由血迹斑斑的衣袖包裹的右手无力地垂在一边。

千陶非脸色一变：“你的手怎么回事？”

月下无端叹气：“如你所见，右手断了。我伤到了手，看情况危急，不得不赶紧引爆炸药，就用吊篮上了城墙，想着用左手飞火也是一样的。结果呢？根本就不一样。我用右手用惯了，左手根本做不到飞火。我赶紧传令撤离，不料衡军的实力比我们预想的还要惊人，这两万人简直像是有临天纵横的手笔，大概是临天给于酌斟支招了吧……活下来的，只有最先上城墙的一两百人。我让他们和城中接应的人一起，去找你们那一路了，现在应该已经到了吧。”他摇摇头，叹道：“真是……对不起。将军，我辜负了你的信任……”

“往者不可谏，来者犹可追。”千陶非说。

月下无端惊喜地抬头：“这句话是沈偏将常说的！你……记忆恢复了？”

千陶非点点头：“不仅如此，我还取了晁妄的首级。”

月下无端眼神一亮，随即又苦笑一声：“将军如此优秀，在下很有压力啊……”不过他很快就恢复了常态，说道：“先不提这些。我之所以留在这里还不走，是因为我还想试着去引爆炸药。于酌斟一军还未走，停驻在两里之外，在这里就可以远远看到。他大概还在等晁妄来会合，不过他无论如何都不会想到晁妄竟落败得如此之快。这里的地形两边高中间低，现在引爆炸药，照样能好好反将他们一军！我想着能不能用长枪挑着火把下去……不过似乎有些麻烦。右手断了，行动更加不便。有你在就好了。”

“无须如此，我自己下去点。”千陶非说。

“你会被炸药波及的，当初我放置炸药的时候为了掩人耳目，连引信都没接。重新去放置引信所花时间太长，吊在外面那么久，势必要被衡军发现。”

千陶非也不隐瞒了，牙、手并用，拆去左手的纱布，含混不清地说：“我一直说我缠纱布是因为以前受过伤，左手不能再用凝火术，故而以此限制。事实是，我身具两种仙术。左手的那一种，是溟系。”她不顾月下无端吃惊的表情，径自说下去："溟系仙术可以保护我。我知道的。"

她终于拆去了左手的纱布，把手掌展开在月下无端面前。一个月白色的球体在掌心上方腾空出现。

月下无端惊异地睁大了眼睛，叫道："不会吧！雀儿！你从未对我说起过！"

"你指给我炸药的位置，把绳梯放下去，我一会儿自行去点火。"千陶非收回了光球，正色道，"你伤到手了，点火前我先用吊篮把你从我上来的那边吊下去，八两就拴在一旁，你骑着它去找大家。"

月下无端危坐了道："你真的没问题吗？你确定你的仙术可以保全你自己吗？"

千陶非确定地点点头。

月下无端犹疑了一下，又道："可是把你留在这里涉险，我逃跑，未免有些……也罢也罢，你说不会有问题，就一定不会有问题。炸药的话，差不多在那个位置——喏。"

"走吧。"千陶非说，"事不宜迟。"

本已打算离开的月下无端突然顿住回头："不对啊，如果你是想牺牲自己，为了骗我离开，而编造出溟系仙术可以保护你的说法，那可怎么办？"

千陶非无奈了，以溟系仙术覆盖周身，抽出匕首刺向自己的掌心。匕首在即将触到皮肉的一瞬间忽被淡淡的月白色光晕阻挡了。收好匕首，千陶非推着月下无端向前："你放心，你放心就是。我以前遇到过类似的情况，可以应付。"

好不容易劝走了月下无端，千陶非盘腿坐在城墙上，只觉得有风从山脉的方向吹来。她突然想到了沈恕最后的背影：迎风而立，面朝山群。千陶非自嘲地笑了笑，当时的沈恕抱了必死的决心，救大家于危亡，自己不过是凭借仙术去打击于酌斟一下，又不会有生命危险，怎么就在这时候想到沈恕了呢？她忍不住摸了摸腰间原本属于沈恕的匕首，还好，没丢。

她闭了闭眼，复又果断地睁开，迅速固定好绳梯，缘绳而下。月白色光晕覆盖全身的同时，她右掌心聚起钢蓝色火焰一握，猛地朝炸药拍去——

越城·决策

沈恕牵着马在夜色中疾行，黑色披风掩住盔甲的金属光泽，在身后的暗夜中无声地上下浮动。

两千人，皆做了伪装，快速向西而去。

不久前，画角声已经响过，纷乱的短兵相接声自东侧传来，一场激烈的战斗已经拉开帷幕。城西的野道上却是如此安静，安静得有些不祥，透出伏虎的气息。

夜色如黑曜石一般纯净而坚硬。沈恕的内心也凝了一脉矿石般的冷静。动身前所有的思虑和不安都已凝华成一根针，针尖直指前方未知的黑暗。

两千人，脚步快而慎微，像追溯，像朝圣。

黑夜，是沈恕的老朋友了。十六七岁时，初至祁郊北营的沈恕每夜在泺水畔练习射箭，茫茫的夜色里看不清太多东西，在这样一片黑色的缄默中，他竟默默学得了百步穿杨之术。十八九岁时，他已有了小小的军衔，每日必做的就是半夜祁都城墙上那一番巡视。在途经东墙时，偶尔还能听到摘星楼上传来的清脆笛声。沈恕二十岁那一年的一个深夜，碧绫关破的消息传回了祁城，不久后他便走上了真正的战场。

从那之后，黑夜就与他有了更多的共同语言。说不上来有多少次，他在星月之下潜行，在荒郊的篝火边入睡，在混乱中瞥见铁器隐忍的闪光……习惯这一切之后，黑夜似乎也变得明亮起来。

今夜却不然。

紧绷的神经忽然被羽箭破空的轻啸斩断，下意识地挡去第一波攻势后，沈恕对敌军的终于出现竟欣慰地松了一口气。抡枪一转，他很快也加入了夜战。在固体般凝实的夜色里，沈恕的一招一式都展现出前所未有的专注，在这样的专注中，沈恕来不及回想自己到底为何而战，只是迅速计算着每一次见招拆招。

然而这样的状态在他无意的一瞥中被打破。目光巧合地越过重重刀光剑影，聚焦到双手抱臂倚在树下的临天纵横身上，他眉开眼笑。这是沈恕第二次见到他如此的笑。

眼前恍若又出现了韩将军那双混浊的眼睛。

沈恕好像猛然清醒过来，故作镇静地环顾着四周。然后他才意识到，自己刚才忽略了什么。

对方似乎有意回避沈恕，而对其他人毫不留情。沈恕刚才愣神的几秒钟内，竟没有遭到任何攻击。

他们想干什么？

沈恕猜不透对方的意图，却仍尽全力保护其他人。然而终究是寡不敌众，苦战许久，当成功突围的信号弹在东天燃起时，沈恕成为两千人中最后一个还活着的。

临天纵横朝那个方向看了看，颇遗憾地说："本想一箭双雕，不料被沈偏将给算计了。有你们霍将军接应，想来那些公子们是出不了事的。"

"你想干什么？"

临天纵横微微一笑，走上前来："这不是很明显吗？策反啊。"

沈恕握紧了腰际的匕首，自嘲般地说："我算得什么人，值得临天将军如此？"

"如果没弄错的话，沈偏将，"临天纵横淡淡地说，"我们正好是同年出生，同年参军。你比我少的，从来都只有出身。临天氏早在衡国开国时就是武将世家了，而你，仅仅有一个官至五品的文官父亲——听说你们的关系还不太好？在如此基础上能在二十三岁担任偏将，沈偏将的才能比起我只高不低。"

沈恕暗中打量着四周，为自己寻找突围的机会。周围是衡军密不透风的包围圈，面前站着名将临天纵横，身后是越城在淡淡火光中的剪影，那里有终于前来接应的军队……为了拖延时间，他随口答道："将军谬赞，沈某不过……"

"不过什么？沈偏将箭术过人，百发百中，枪法更是超群，对战局也了然于心，极有见地。更为可贵的是，尽管出类拔萃，仍不骄不躁，宅心仁厚，却不因此而行事拖泥带水。外能克敌，内能治下，”临天纵横绕着沈恕踱步，仿佛已经看透沈恕意欲脱身，“赫赫有名的千校尉不也是沈偏将一手调教的吗？如果沈偏将投靠我大衡……”

“投靠如何？不投靠又如何？”

“不投靠自然就送沈偏将去见你的战友们，”临天纵横低头看看地上的尸体，“若是投靠，即日便升沈偏将为副将。”

沈恕冷笑：“你就这么笃定我会背叛大迟？”

“沈偏将，请听我说完。你要名节，没问题，你跟我们走后我就会放火烧了这里，只消将你的令牌留下，你就成了战死的英烈；你担心在衡国得不到信任，没关系，我会为你伪造好身份，有我作保，无人会为难你；你不愿在战场上被昔日战友认出，也可以，我们不安排你上前线。我看中你的才华，故而百般相求，你不必疑心我出尔反尔，临天氏一言九鼎。”他不再踱步，而是郑重地站在了沈恕面前，真诚地看向沈恕的眼睛，“沈偏将，你们八军因几个人的轻举妄动失去了将军和副将，此事因果复杂，沈偏将居高位而没有显赫出身，说不准就会被牵连进去。保护你的人已经离世，你要保护的人也已经平安离开，沈偏将大可无牵无挂地随我走。”

沈恕尚未找到脱身之策，只得硬着头皮说：“容我想想。”

“不要想着如何脱身了，沈偏将。就算你活着回到了迟国，就算你没有被越城的事牵连，你在迟国的前程，也必然比不上在衡国的。”临天纵横笑了笑，“沈偏将虽然出类拔萃，但若想只凭自己一身功勋加官晋爵，几乎不可能。毕竟你的出身太一般，看起来也不像是那类深谙官场套路的性格。战争期间你可能会获封将位，但战争结束后就会被迅速遗忘。诚然这样也不差，但实在是浪费沈偏将的才能了。你若跟着我，日后便会常接触到衡国的皇室贵族。如今我大衡天子年事已高，东宫未立，数位皇子忙着招贤纳士……沈偏将才智过人，若与我站在同一边……借这股东风应该不难，待新皇登基……”

从龙之功的机遇倒确实是衡国独有的。迟国皇室子嗣不兴，太子立了有二十几年，地位稳固，到时候政权的交接必然也会相对平稳，没有让寒门子弟借此一飞冲天的机会。但衡国的东风又不是好借的，哪怕临天纵横暗示他自己的立场很有沾上从龙之功的希望。

沈恕一边想，一边偷偷观察着越城那边的动静。既然八军主力已经成功突围，援兵又已经到达，那么他们前来营救这两千人的可能性还是存在的，只要再拖延一段时间。他隐藏意图似的，闭了闭眼：“事情不会像将军所言那么轻松吧。卷入夺嫡之争，一个弄不好就是万劫不复。衡国的夺嫡……听说又格外惨烈。九年前的太子被逼到不得不逼宫的地步，最终落得一死。那位衡三皇子据说从来无心参与这种乱斗，十余年来一直潜心研究阵法，为人一向仁厚，却只因母族有一定影响力而被迫害，逃过一劫却从此失踪……”

“沈偏将，其实我还有一个理由。”临天纵横忽然靠近了沈恕，以只有两人听得到的音量轻轻地说，“沈偏将对战争多少已经感到厌倦了吧。在下的计谋中，恰有这么一环，用得好了，便是迟、衡十年无战事。”

沈恕定定地看向临天纵横。

临天纵横心知此话收效甚好，又补充道：“说起来其实不难。你知道衡国政局动乱，觊觎上面那位子的……又岂止几个皇室宗亲呢……”他声音越发轻下来，双眼微眯，卖关子一般顿了一下，然后又说：“好比我们那位于将军，你应该不知道他，他极少在正面战场出现，野心却是不小……但要将之好好利用，就实在不是在下的一己之力所能做到的了……”

沈恕定定地看向临天纵横。

“沈偏将你应该做出选择了。投靠大衡前程无量，或为迟国战死。我数十下，你若迟迟不做选择，我就只好杀了你。”

谁也不知道沈恕在那短短的十秒钟内都想了些什么。

沈恕说：“我跟你走。”

临天纵横微笑：“很好，沈偏将——不，沈副将，你做了正确的选择。但走之前，你身上的利器得交给我保管，若是沈副将在路上行刺或是自裁，我可是会很难过的。”

沈恕说：“但我有一个条件。”

“愿闻其详。”

“请将军答应我一个要求。”

“哦？什么要求？”

“时候到了，沈某自然会提。将军放心，沈某不会提过分的要求。”

临天纵横笑了:“可以啊。若是你提的要求实在过分，我到时自然不会答应。”

沈恕取下箭囊，交出长枪。最后他摘下腰间的匕首托在手心里，犹豫了片刻，说道:“还有一件事……能不能……帮我把这把匕首交给千校尉?”

临天纵横挑挑眉。

沈恕补充:“就说是我临死前特意提到要给她的，或者……随便怎么说都行，无论如何请将这把匕首交到她手里。”

临天纵横没有多问，只是点了点头。

沈恕再次深深凝视了那匕首一眼。铁质的匕身在淡淡的月光下闪烁着森森的寒光，青铜的手柄色泽温润柔和，印着神鸟的纹章。这把匕首陪伴他许多年，从此要离他而去，为他纪念，代他守护，替他还乡。

交出匕首，脱下兜鍪，解下令牌。

沈恕朝夜色的更深处走去。

临春城·终究

昨夜碧绫关破的消息传到祁城。尽管早有预料，十六岁未满的千陶非仍产生了一种虚妄的不真实感。

这时候的千陶非离开临春城已有大半年，早已习惯了祁郊北营的生活。每日舞刀弄枪拉练听训，苦则苦矣，但也仅限于苦。身体上的极度疲惫于她而言是一种解脱，每日除了当下，什么都无暇去想，区区几个月就能让她把不愿回忆的往事遗忘。她很少写家书，尽管临春城一直都离她那么近，她也不曾回去过。好像认定了自己必会在祁郊北营待上个三五年，探亲一事可以慢慢说。然而一年未满，迟、衡就开战了。

谁想得到碧绫关会在这个时候被攻破呢？谁想得到衡国刚在迟国的默许下打下宁国的都城，转眼就不顾两线作战消耗巨大而朝迟国来了呢？千陶非怔愣许久，才后知后觉地意识到近一年以来那种疲惫、麻木却也充实的单纯生活即将要被打破，其源头便是战争。

此时再想回临春城是不可能了。

临春城却不曾忘记她。这天落暮时分，千陶非收到了四封来自临春城的信件。一封来自父母，一封落款“神尊座下关门弟子”，一封署名秦陌璃，一封则是千堂昭所写。她先拿起父母那一封。父亲在信中表示她若是实在不想真的上战场可以让他来接，但字句间却流露出让千陶非勇往直前的倾向。母亲也是同样的想法，并解释说八军有这么多贵胄子弟，不可能去做特别危险的事，伤亡率会是很低的。在信的最后，她还暗示千陶非最好在这几年里把终身大事解决掉，千陶非看到这里嘴角一抽。

然后，她打开表哥的那封信。涯轻尘的语气还是那么文绉绉的，每隔三行必要引经据典。看起来篇幅很长，其实不过是讲了他眼看战争爆发，为了和平与国家利益，决定去搞游说的事情罢了。

好嘛，看来涯轻尘终于决定要去实现自己童年的梦想——当说客了。千陶非一边想着，一边去拆秦陌璃的信。秦陌璃一如既往地以最为平淡无奇的口吻讲着一些惊天动地的内容。在这封信中，她就淡淡地谈了谈秦府越来越闹腾了；又以类似的口吻讲了讲衡国真是有意思，刚到手的宁国还没焐热呢，就又来找迟国的麻烦；还提到涯轻尘胸怀大志想要化解战争，如果她是他的话，就去煽动宁国皇室遗脉复辟，给衡国找麻烦云云。

这家伙若是去当说客，估计会比涯轻尘还要成功。千陶非想。这下好了，战争爆发，涯轻尘和秦陌璃都去当说客，千陶非自己又该怎么办呢？当将军？当主帅？听起来挺威风的，但她有这个本事吗？

从小到大，千陶非擅长逃避。小时候贪玩弄伤了脚，为了逃避父母的责罚，她甚至能忍痛装出正常走路的样子走完姨妈长长的送葬路；后来那次砸了姨夫的书房，更是一言不发地在珊阑宫里一直藏到被涯轻尘找出来；再后来……好像还有一件什么挺重要的事……反正她当时在仓库的大瓷缸里一躲躲到了天黑……这样的自己一旦上战场……千陶非不太有信心。

此时她觉得自己其实不是参军的好材料了，逃避也罢，不服输也罢，她不过是不肯面对失败。她拒绝面对的失败不分时段，从曾经的到现在的到未来的，她好像统统不能接受。这样的她，在战场上能成气候吗？

那她当年怎么会来军营的呢？疑惑一闪而过，很快就被一个温柔的回答堵住：自己那时候还小，行事冲动，觉得自己会点阵法就所向无敌，想来就来了呗。更何况，家人都希望自己不同凡响……

反正无论如何，眼前的这场战争，千陶非是必定要参加的了。原则上，祁郊大营不容许战前退伍，就算她爹真能把她全须全尾地弄回家，她也受不了因逃避而被世人嘲笑。千陶非情有独钟的那类逃避往往打着“无伤大雅”或是“勇往直前”的幌子。前者既无所危害，便被当作人之常情而被世人理解；后者的“学问”更高深些，但其实就是以看似前进的方式逃避过去的不堪。千陶非深谙逃避之道。

胡思乱想已经够多了，她提醒自己，紧接着拆开了弟弟的来信。

千堂昭正好在碧绫关破的消息传回来前几个时辰和别人结伴去南方了，这封信系他临出发时所写。信不长，简单说了说自己决定像千陶非数年前对他说的那样浪迹天涯，在哪里玩累了就在哪里定居什么的。他本想去找千问谌同行，谁料这家伙娶了媳妇之后就开始带着媳妇浪迹天涯了，千堂昭短期内是找不着他了。

那小子，倒也不记仇，还知道写信过来。千陶非暗暗想着。突然一愣，她怎么会突然想到千堂昭“倒也不记仇”的？他们姐弟一向感情好，何来什么“仇”可言？……大概是最近发生的事情太多，自己有点神志不清了吧。

好吧，别管了，反正那家伙已经跑到南边去了，自己呢，又要跟着军队到北边……

远一点，再远一点。

跟着八军的队伍，千陶非翻山越岭朝着真正的战场而来。尽管对上战场怀着满腔的犹疑和恐惧，当千陶非得知唯独自己被韩将军安排去射杀逃兵的时候，她仍瞠目结舌，万般不敢置信。

“可……韩将军！将军！为什么是我呢？我不比任何人差啊！月下无端、徐奉，甚至桓倾为，都能上前线，为什么我……”

疑惑和不安在沈恕将弓箭递到她手中的那一刻烟消云散。居高临下地注视着沙尘飞扬的战场，千陶非一点一点拉紧了弓弦。

就是从那时开始意识到的吧，一箭，成功或失败，不存在逃避。

横关城·落定

来不及庆祝引爆岩壁的成功让几万衡军在劫难逃，千陶非就觉得自己怕也是危在旦夕了。她的双手死死抓住城墙。炸药已经引爆，大水汹涌而出，虽然溟系仙术让她免受伤害，但她也依然感到自己的十指在巨大力量的作用下一寸一寸地滑脱。

这样不行啊……她模糊地想，若是松手了，还不知道会被冲到什么鬼地方去呢……

她一抬右手想用臂弯钩住墙堞，然而就在松开手的瞬间，她被水流裹挟而下。千陶非大惊，却什么也做不了，在滚滚的水瀑里她连尖叫都不敢，只能眼睁睁地在失重感中看着城墙在视野中缩小再缩小，最终被水面隔绝。

耳膜被水声压迫得隆隆作响，全身的皮肤都在控诉遭受冲撞的轻微刺痛感——似是水中的石屑所造成。千陶非不敢睁眼，无奈地听任水流摆布。她载沉载浮，多次撞到岩壁，好在有仙术护体，未构成伤害。然而溟系仙术耗力极大，脱力感随着时间推移越发强烈，千陶非不知道自己还能坚持多久。意识渐渐模糊，她竟没有注意到水的流速已经慢慢减缓。就在她觉得自己快要晕过去的时候，水流将她推上了一处高地。

千陶非艰难地喘息着，同时勉力睁眼，急于确定自己现在的方位。她睁开眼，她看见了阴云密布的萧索的天。她想起身，却无法支配四肢。

耳边响起不紧不慢的脚步声，声音沉稳有力，是穿着军靴的男人正一步步走来。难道是于酌斟……千陶非心中一惊，于酌斟不仅逃过一劫，还打算杀了她吗？千陶非马上联想到自己未着重甲，全身脱力，一种仿佛裸体躺在光天化日之下的强烈不安全感一阵阵袭来。然而脚步声却在几步开外停住了。

“千将军竟也会有如此狼狈的时刻。”一个略带沙哑的声音响起。

千陶非笑了：“纵横兄，别来无恙。”

如果千陶非注定要在战场上死去，她更希望自己是死在临天纵横剑下的。临天纵横与她向来是对头，同时却又莫名地惺惺相惜。两人一个身手老练又随机应变，一个精于阵法又擅长出奇制胜；一个是万众瞩目的少年名将，一个是横空出世的奇女子。同样颇负盛名，同样饱受争议，同样功勋满身，同样在对方手里永远讨不到好。互相欣赏又互相对立，互相信任又互相怀疑。千陶非总能在临天纵横身上看到某些她熟悉的特质。有些特质，比如天生的狠劲、强烈的责任心与道义担当，和千陶非极其相似；而有些特质，如用兵的手法、独到的思路，则更像沿袭沈恕……自古以来优秀的将领总是相像的吧，沈恕若是还在，也该升将了。

忽又想到，沈恕不正是死在临天纵横手里的吗?

越城一役之后几个时辰，千陶非便亲自赶到沈恕最后的战场。虽然知道沈恕到此时仍杳无音信必是凶多吉少，但她非亲眼看到证据不可。那片被烈火焚烧过的土地一片焦黑，尸体被焚烧散发出的臭味老远就闻得到。哪一个人是沈恕已经无从辨认，千陶非只找到沈恕的令牌。

归营后，大家把令牌和沈恕生前的衣冠埋葬了，沈恕死在越城，葬在越城。又过了许久，朝廷降旨，沈恕被追封为将。

沈恕的衣冠冢新成的那一天，临天纵横只身前来迟营。他在沈恕的墓前下拜，他说沈恕坚持到了最后一刻，不留遗憾地死在了他的剑下，他交给千陶非一把匕首，说是认为沈恕会希望交给她保管。

千陶非当时已经悲伤得很漠然，看到匕首的那一刻却泪如雨下。

这是沈恕的匕首，是她十六岁那年沈恕握在手里指点着整片战场的那把匕首，是她十七岁那年沈恕教她近身缠斗时所用的那把匕首，是她后来一直别在腰间从未摘下的那把匕首，现在，仍紧紧系在她触手可及的位置。

“不过，纵横兄，你怎么会在这里？”千陶非问，“你不应该……在主战场吗？跑来这鬼地方，莫不是被看不惯你的人给……坑了？”

“我只是路过，”他说，“恰闻今日横关城有一战，顺便帮了于将军一把。”

千陶非慢慢调匀了呼吸，长吁一口气又问道：“你们碰到的，是月下无端那两千人？难怪，我还在想，他们打不过就算了，怎么会有这么多人逃不掉……原来……那你又是如何找到我的？”

“正好在高处看到了千将军的壮举。”

千陶非咧嘴一笑：“哦？是吗？告诉我，于酉斟那边是什么反应？”

“如你所愿，溃不成军。”

“那你呢？想给他们报仇吗？杀了我？”她声音微弱，却气度不减，明明处于劣势，却仍带着一如既往的强硬。

临天纵横沉默许久，说道：“说实话，我并不很想杀死一个如此虚弱的人。千将军应该有更壮烈的结局。”

“你哪来那么多废话！到底杀不杀？”

“我仍在犹豫。当然，站在衡国的立场上来说，千将军越早殒身越好；然而作为临天纵横，我希望能光明正大地战胜你，取你性命。”

千陶非没有多说什么，只是希望自己能尽快恢复一些力气，就算被杀也不应该是躺着的。可她若是死了，那月下无端……会很难过的吧……

快来，快来救我啊……月下无端……谁都好，救救我吧……她无力地想着。

虽然刚才嘴上说得无所畏惧，其实她到底还是想要活下去的。沈恕临死时，也是这样的心情吗……

千陶非微挪指尖，触到了腰间的匕首。她总觉得，只要自己一直佩着这把匕首，沈恕便不会真正离开。他一直都在吗？

听到临天纵横微叹了一声，然后感到自己的上半身被他扶起，靠到了后边的岩壁上。她终于不再躺着。视野所及告诉她，自己距离横关城并不远。临天纵横按剑站在她面前，神情复杂。

他终于抽出佩剑，直指她的眉心。

“千将军，失礼了。”

千陶非从容一笑，闭上双眼。

“临天将军，且慢！”一个急切的声音从远方传来，“临天将军！副将让我带话来……”

千陶非倏然睁眼，一个传令兵模样的人快步冲到临天纵横面前，上气不接下气：“副将……副将说……将军现在可以兑现承诺了……他的请求就是……就是让您这一次不要伤害千将军……”

千陶非和临天纵横同时一愣。

随后，临天纵横便大笑着收起了佩剑：“副将还真是有趣。唯一的机会被他用来换她一命。正好，我本也不是很想现在杀她。”然后他退后一步，转向千陶非：“千将军，恭喜你活下来了。这里离横关城并不远，想必很快就会有人来带你回去。”他朝远方看去，横关城的方向扬起一片渐大的烟尘。他吹了一声口哨，把不远处的战马召来，跨上马，一笑：“再来助你一臂之力吧。”

一个赤红的火球从临天纵横手中抛出，在空中信号弹般地破开。他骑马远去的同时，远处几人也策马而来。千陶非第一个辨出因断了右手而身形有些歪斜的月下无端，然后是霍将军和朱安砚。

“雀儿!”一个明朗沉稳的音色唤道。

终于确证了什么似的，千陶非心里一松，然后眼前一黑，晕了过去。

尾声

祁城，湖心坊。

一罐清酒斟满玉杯三盏，月下无端一边斟酒，一边笑道：“雀儿还记得吗？十多年前我们曾说过，等战事平息了，我们就来湖心坊喝最贵的酒。”

“可战事平息后那么多年你才终于想起这个诺言，且竟不是因为我，而是为了纵横兄。”千陶非一手托腮，半伏在桌上，笑吟吟地看着他。

临天纵横一叹：“是啊，这么多年了。你们迟国自战争结束后就一直安安稳稳，衡国却危机四伏。含珠贵为迟国公主，嫁给我以来就没过上一天安稳日子，很多事还得靠她出面。迎娶含珠好像还是昨天，一晃闺女都快满八岁了。”

月下无端放下酒罐，坐下抿了一口酒，说道：“犬子月下谙明日庆九岁生辰，不知纵横兄可愿赏光赴宴？”

临天纵横摇摇头：“我倒是想多留几日，不过今日必须返程了。衡国西北又传有造反者起事，新皇年纪还轻，恐应付不来。”

千陶非把酒杯一搁，抱臂道：“这是你们十年来的第三任帝王了吧。最先是衡玉宗，活了一大把年纪，于酌斟造反的时候被杀了，这才停了战争；接着是衡辉宗，因为平息了于酌斟的事而登帝位，可惜活得不长；然后是现在的释帝……”

这么说来，战争能平息还得归功于于酌斟。千陶非一边说，一边暗自想着。不过后来好像又听说，于酌斟最终起事，是有临天纵横在背后推波助澜。可这不像临天纵横一贯的行事风格。也有传闻提到临天纵横在迟衡之战后期的许多策略都是从身边一位副将处得来，那么战争平息最终要归功于那位名不见经传的副将咯……千陶非乱七八糟地想着，一边想，一边下意识地喝酒。当然，于酌斟一事毕竟只是一个契机，涯轻尘和秦陌璃数年来在各势力之间的斡旋起到了关键作用的吧。

战争期间一切不易，千陶非并未和涯轻尘他们通过多少书信。虽然她和涯轻尘有一对骈瓶，但这东西毕竟容量小又不方便，最多传传字条和药粉什么的。不过千陶非也隐约知道涯轻尘夫妻那些年的丰功伟绩。秦陌璃那边一直在和宁国的残余势力打交道，利用他们复国的目的巧妙地让他们制衡着局势。而涯轻尘长期斡旋于迟国衡国之间，也曾鼓动过于酌斟的野心。两人成了知名的说客，战争结束后却几乎不提起那段往事。涯轻尘先是被授官，后来不知怎么一不高兴就不干了，甩手云游去了。秦陌璃也随遇而安，闲着没事还置办了些产业。千陶非和月下无端安安稳稳地当着留祁武将，住着离月下本族一墙之隔的私宅，拿着固定的俸禄，偶尔去剿灭个造反势力山贼窝什么的，有时候也轮到去边疆镇守，日子倒是挺不错。至于临春千府，无论在战时还是战后，一双儿女在或不在，夫妻俩都保持着一贯的生活常态。千暮山主要研究瓷器，偶尔一时兴起玩玩书画、园艺、玉雕之类的，还一度迷上了斗蛐蛐。柳秋晚管着在外的产业，将利滚利看作人生乐趣。而千堂昭当年离家后就一直满世界走走停停，搞他的艺术创作，娶妻生子后也依然这副样子。当年的一家四口如今都活得遂意。

月下无端朝千陶非的杯底看了一眼，蹙眉道："怎么一眨眼就见底了，这酒很烈的，你别多喝，小心又像上次跟桓倾为他们喝酒一样，醉得我只好把你背回去，被孩子们笑话。"

"你管我！"千陶非噘嘴。

月下无端无奈地朝临天纵横笑笑："纵横兄，看来你我今日得喝快些，不然大半壶好酒都要被她抢去。"

临天纵横举杯一笑："那我先饮为敬了。"

酒虽烈，总量却不多，酒罐空后，三人仍未醉。千陶非意犹未尽地提议再开一罐，临天纵横却拱手告辞。临走时，他拿出一个四四方方的包袱、两个木盒和一个扁匣。他把前三者堆叠起来摆到一边，说："这是我给府上两位公子、一位小姐的薄礼。"又单独摆出那个扁匣，说："你们的一位故人见我要来祁城，知道府上长公子要过生辰，特意托我带来这个。"

“敢问是哪位故人？”

“他不方便透露。”

临天纵横走后，月下无端起身去拆那一摞礼物。两个木盒分别注明是给月下姝、月下骁的，都是再正常不过的给小孩子的玩意儿。那个四四方方的包袱里却是一套完整崭新的《大迟律》。

千陶非扑哧一笑：“他又是从哪里打听到我们家谙谙喜欢研究这些东西的。”

月下无端也笑：“纵横兄也真是有心了。”话毕，他又去开那个扁匣。躺在匣子里的，是一把薄薄的新打的匕首。铁质的匕身在跳跃的烛光下闪烁着森森的寒光，青铜的手柄色泽温润柔和，印着神鸟的纹章。

千陶非微眯起眼，左手习惯性地摸向腰间。多年来，她仍保持在腰间别一把匕首的习惯，如今身上的是她十多年来的第三把匕首。这把匕首做工精良，系千堂昭所赠，和匣子里拙朴简单的匕首风格大不一样……可如此呼之欲出的熟悉感是怎么回事？

还有，那个所谓的故人到底是谁？

他们又面面相觑了一会儿，谁也解释不了这个疑点。最终只得重新收之入匣。因为月下谙才九岁，夫妻俩回府后也没有把这份特殊的礼物立刻给他，只是置于架上，很快就将其遗忘了。而这把匕首如何再度现世，则要从八年之后，两人的长子月下谙侦破第一起命案开始说起了。

搁笔谈

读完《破城》后，读者们可能会觉得女主角的名字有点怪，“千陶非”三字的排列似乎并不很顺口，也说不上有什么寓意。我自己也遗忘了这个怪名字的由来，但这却是我自三年多前就开始构思这部小说的唯一证据。我将它称作“活化石”。

如今的《破城》和最初的构想已经是完全不同的故事了。那时候我读初一，突然很单纯地想写一个“花木兰的故事”，随便想了想又搁置了。过了一年，也不知道为什么，突然严肃地将创作这个故事提上了日程，从此便煞有介事地准备起来：买了一大堆关于历史、战争、冷兵器之类的书（不过大部分都没看），一天到晚编造奇奇怪怪的情节和奇奇怪怪的人名（月下、临天二姓就是那时候想的），还一遍一遍地讲给同学们听，把他们弄得神经衰弱。不久前，我无意中翻出了那时候的记录本，惊觉当时认为好有道理的情节居然如此雷人，听我编故事的同学们真是辛苦了。

后来，随着知识的积累和认知的提高，我一点一点删改了雷人的第一稿情节，又编了很多很多写不进主线情节的故事。我从骨子里向往小说般传奇的生活，因而热衷于将那个神秘遥远的世界和现实生活联系起来。比如迟国皇室姓史，正是由于当时我们的班长姓史，迟仁宗便是以她为原型的；衡国皇室姓黄，正是因为我们的前任班长姓黄；小说里提到的“包神尊”，则是班里一个神神叨叨的同学的外号……由此便不知不觉衍生出了那么多支线情节。初中的时候，“迟仁宗”排队排在我前面，排队去吃饭时我便常常钩着她的脖子大谈特谈迟仁宗的故事。某天突然告诉她“你有三个儿子”，过几天又突然告诉她“你喜欢给别人起外号”或是“你家大儿子娶了男主角的姐姐”之类的。讲着讲着，迟国皇室家谱、皇室秘闻什么的就都全了。

而如今的《破城》，成形在我传奇的九年级。

那一年，不知怎的，我突然觉得要是考不进一个好学校很没面子，于是前所未有地发愤图强起来。那一年真的像是一场战役，我从一个排名在一百五到两百五之间波动的平庸学生战斗成老师口中逆袭的典型。千陶非的故事也开始突飞猛进地完善起来：她儿时是个爱闯祸、不服输的小女孩，长大后变得成熟、有胆气、有魄力、能自持。她特别坚忍，特别顽强，她是我当时希望成为却成为不了的自己。我们相互激励，同舟共济。因为我在战斗，所以她也要战斗；我遇到挫折，她也得吃好些苦头；我梦想着成为学霸，她则必须有个当将军的梦想。反之，因为她在战斗，所以我也要战斗；她那么倔强，我也不能放弃；她那么要强，我也不甘示弱……

我的性格渐渐地朝千陶非的性格设定靠近，朝那个绝对坚毅的形象靠近。我在那一年从以前的班级长跑倒数第三，一跃成为全班第三个得到长跑满分的女生，不得不说是受了这个目标形象的激励。

但永不言败的千陶非还不是如今的千陶非。

我已经在多篇作品中提到过自己提前招生考试意外失利的事了，这里依旧要重提。简单来说，就是一次非常重要的考试，我考砸得非常离谱，被严重且持久地打击了。现在回想一下，突然觉得上天让我受到这次打击不是没有道理的，可以说它在很多方面都打通了我堵塞已久的穴道，比如对千陶非这一形象的看法。

千陶非依然很勇敢，但曾经也屡次逃避。

依然很强悍，但那只是她要面子，内心说不定早已溃不成军。

依然很坚忍，但不是单单为了她自己的尊严。

依然很倔强，但也已经在理智的驱使下学会放手。

……

我突然意识到，写作其实是为了自省。

那个四月，她和我一起长大了。

《破城》的雏形也终于大体具备了。主角不再是客观上偶尔受挫，精神上一往无前，而是多次受到精神的冲击和内心的拷问，最终不再逃避，直面过去，在与当年极其相似的情境中觉醒，并做出与当年截然不同的选择。

我对千陶非的故事一直以来的设定是写三卷，但写的过程中又觉得三卷拖沓烦琐，便改成了三线并叙。临春城一线随着女主角记忆的恢复展开，风格灵秀，但带有女主角回忆的主观色彩；越城一线以沈恕为主要视角，默默地与另外两条线缝合成整体；横关城一线是女主角的现状，也是她失忆后从局外人的角度重新自省的关键的心理斗争场所。其中，沈恕的存在无疑极其特殊。

从小说的结构和沈恕的作用来看，沈恕无疑算是最重要的配角；从情感上来看，又是令人扼腕叹息的男二号。他英俊、缜密、靠谱、无所不能，可偏偏又总带着淡淡的自卑，总觉得自己还不够好，太优柔寡断、太平庸，在聪慧坚毅的千陶非和理智大胆的月下无端旁边就是个陪衬。然而别人对他的看法却同他自己的很不一样。月下无端评价他“那样令人嫉妒的一个人，性格却偏偏好到让人恨不起来”，临天纵横千方百计要策反他，韩将军无比器重他。我想，沈恕正是因为他客观到近乎苛刻的自省而令人尊敬，同时更加真实。

我从千陶非身上学会自省，并希望沈恕可以让更多的人学会自省。

顺带一提，沈恕这一角色的构想也很有趣。九年级的时候，我右手边隔过道坐了一个男生，他姓名拼音的缩写是

SSL，他一直问我能不能把他写到小说里去。

我说可以啊，你想要什么样的形象呢？他说要帅要厉害要怎么怎么样。我说好啊，但是又开玩笑说这么优秀的人我得把他写死。

SSL同意了！并提出要为之安排一个壮烈的结局。那个创造出来就是为了阵亡的壮士被我叫作沈恕，取了SSL名字的形变。

然而沈恕最终靠他不断自省的缜密性格为自己赢得了生路。沈恕死到临头，我突然觉得以他的性格不应该就这么简简单单地战死。最终沈恕成功地在我的笔下自救了。

说了千陶非和沈恕，不说说我们名正言顺的男主角月下无端似乎有失偏颇。如果说是千陶非激励着我和她一起成长起来，那么月下无端便是我无论何时想起来都会微笑的哥们儿。他的性格像天窗一样敞亮坦荡，同时又不乏理性和自持。真的追溯起来的话，他大概是我在自己原本的性格基础上加工打造的。我总说这家伙最像我嘛。这么一个可爱又靠谱的家伙，又身为女主角的真命天子，把整部小说的色彩都提亮了，原本严肃紧张的情节忽就多了一丝天真的浪漫气息。

他关心千陶非，却不会以此为借口禁锢她的自由，而是永远站在她的身后，对她表示信任和支持。他有作为未婚夫的立场和尊严，却不会因此而无条件地与千陶非同生共死，而是以理智为标准，选择对自己、对千陶非、对国家最为有利的一条路，如果知道自己会成为她的掣肘，他也会决然离去，任她独自涉险。当他认为自己需要涉险的时候，他自然也不会含糊。我喜欢他这样的性格。

至于他俩那看起来很有故事的三个孩子，月下谙、月下姝、月下骁，我只能说我自己心里也没有底稿。反正坑已经挖在了这里，我可能会填，可能不会填。谁说得准呢，《破城》不也跟三年半前截然不同了吗？如今的《破城》，不正是各种机缘巧合的最终产物吗？就暂且听任这个坑在地里挖着，就算不播种，也总能长出什么来的。